GEORGES BERR & PIERRE DECOURCELLE

Dix Minutes d'Auto

VAUDEVILLE EN TROIS ACTES

PARIS — Ier

P. V. STOCK, ÉDITEUR

(Ancienne librairie TRESSE & STOCK)

155, RUE SAINT-HONORÉ, 155,

Devant le Théâtre Français

1909

DIX MINUTES D'AUTO

VAUDEVILLE EN TROIS ACTES

Représentée pour la première fois à Paris au *Théâtre des Nouveautés*,
le 13 Novembre 1908.

P. V. STOCK, éditeur, Paris

DE M. GEORGES BERR :

La Dette, comédie-dramatique en 5 actes, en collaboration avec M. Paul Gavault (*Odéon*). Une brochure in-18 . . . . **2** »

Les Aventures du Capitaine Corcoran, pièce en 5 actes et 17 tableaux, en collaboration avec MM. Paul Gavault et A. Vély, (*Châtelet*). Une brochure in-18 . . . . **2** »

DE M. PIERRE DECOURCELLE :

A perpète, drame en 5 actes et 8 tableaux, en collaboration avec MM. Xanrof et E. Lepelletier, (*Ambigu*). Une brochure in-18 . . . . **2** »

La Bâillonnée, drame en deux parties et 8 tableaux, en collaboration avec Paul Rouget. (*Ambigu*) . . . . **2** »

Les deux gosses, pièce nouvelle en deux parties et 8 tableaux, (*Ambigu*). . . . . **2** »

Le grain de beauté, comédie en un acte, (*Gymnase*). **1 50**

La môme aux beaux yeux, drame en deux parties et 8 tableaux, (*Ambigu*). Une brochure in-18. **2** »

Les mystères de Saint-Pétersbourg, drame en 5 actes et 9 tableaux, en collaboration avec Stanislas Bzenwski. (*Alhambra*, de Bruxelles). **2** »

Service secret, pièce en 4 actes, en collaboration avec M. W. Gillette, (*Renaissance*). Une brochure in-18 . . . . **2** »

GEORGES BERR & PIERRE DECOURCELLE

DIX MINUTES D'AUTO

VAUDEVILLE EN TROIS ACTES

PARIS. — 1er

P.-V. STOCK, ÉDITEUR

(Ancienne Librairie TRESSE & STOCK)

155, RUE SAINT-HONORÉ, 155

Devant le Théâtre-Français

—

1909

PERSONNAGES

HECTOR LALOUCAGNE, commandant en retraite, 44 ans. . . MM. DECORI.

POTICHE . . . . GERMAIN.

DUVERDIER, notaire, ... LANDRIN.

TOURNENVILLE, médecin . . . BARON, fils.

TRANQUILLE SANSONNET, 22 ans. . . . . PAUL ARDOT.

UN WATTMAN . . . . BERTHELIER.

LA BERNERIE . . . . GRACIEN.

GAVRELLE . . . . MAYRAL.

M. MATHIAS . . . . LAURET.

M. DE CASTÉRA-VERDUZAN . GAILLARD.

CLAUDE MORGAN, poète . . . . NARDOUX.

LE FILS MATHIAS, collégien . . LAMARE.

MAXIME.   BORGÈS.

DIDIER.   } domestiques.

VALENTIN.

JACQUELINE, femme de Laloucagne . . . . Mmes BLANCHE TOUTAIN.

GILBERTE CHALANDRIN . . . M.-L. HERROUËTTE.

MADAME BOSSON . . . . ROSINE MAUREL.

BRIGITTE, femme de chambre . . SANDRI.

MADAME MATHIAS . . . . . . JENNY ROSE.

MADAME DE CASTÉRA-VERDUZAN . . . . MAURY.

LES TROIS DEMOISELLES CASTÉRA-VERDUZAN . . . .

DIX MINUTES D'AUTO

ACTE PREMIER

Un grand salon s'ouvrant au fond sur un salon plus petit. Portes à droite et à gauche, premier plan. Pan coupé droite, le portrait du pharmacien Folletourte, portrait en pied éclairé par une ampoule électrique. Sur ce portrait, Folletourte a le regard sévère et le geste impérieux. Sous ce tableau, un coffre. Pan coupé gauche, une large fenêtre donnant sur une terrasse praticable. — Devant cette fenêtre, une table-buffet dressée. Gâteaux, fruits glacés, champagne, orangeade... en un mot sinon de quoi se nourrir, du moins de quoi se sustenter. — En scène, très riche mobilier. — Au lever du rideau, Valentin, Maxime et Didier, sont confortablement assis et fument cigares et cigarettes.

————

SCÈNE PREMIÈRE

VALENTIN, MAXIME, DIDIER.

VALENTIN.

Encore une fois mes amis j'insiste pour être renseigné. Je consens à ce que vous me présentiez au maître de la maison, mais encore faut-il que je sache à qui j'ai à faire.

MAXIME.

Parle Didier. Moi on ne m'arrachera pas un mot. Je fume un trop bon cigare.

DIDIER.

Le maître de la maison s'appelle Laloucagne. C'est un chef d'escadron en retraite. Il a épousé aujourd'hui à l'église madame veuve Folletourte. La soirée qu'il offre à ses amis et aux locataires de la maison, est faite pour célébrer cet heureux mariage.

MAXIME.

Parfaitement.

VALENTIN.

Qu'est-ce que les locataires de la maison viennent faire dans tout ça ?

DIDIER.

C'est bien simple. Folletourte en mourant a légué à son ami Laloucagne sa femme, sa fortune, et l'immeuble où nous sommes.

VALENTIN.

Mazette !

DIDIER.

Il est donc tout naturel que Laloucagne en prenant possession du 17 de la rue de Bourgogne, s'y fasse de suite souhaiter la bienvenue par les locataires qu'il ne connaît pas encore.

VALENTIN.

Il était riche, Folletourte ?

DIDIER.

Ma foi oui. Il a laissé tout près d'un million.
C'est la pilule Mathusalem qui lui vaut ça.

VALENTIN.

La pilule Mathusalem ?

MAXIME.

Parfaitement, une pilule qui rend centenaire.

VALENTIN.

A quel âge est-il mort Folletourte ?

DIDIER.

A 54 ans.

VALENTIN.

Parfait, parfait !

DIDIER, après un temps.

Ils ne viennent pas vite les invités.

MAXIME, vautré et fumant avec délices.

Puissent-ils ne venir jamais !

VALENTIN.

Didier !

DIDIER.

Quoi ?

VALENTIN, indiquant le portrait du fond.

C'est le portrait du défunt, ça ?

DIDIER.

Oui, il est même frappant.

VALENTIN, indiquant le buste d'Hippocrate.

Là, il ne l'est guère frappant.

DIDIER.

Idiot, va ! c'est le buste d'Hippocrate.

MAXIME.

Je trouve qu'on l'a laissé en trop bonne [place,
Folletourte. Les maris défunts, ça se remonte au
grenier. Laloucagne ne sera pas content d'avoir sous
les yeux l'image de son prédécesseur.

DIDIER.

Oh ! tant qu'on ne l'accrochera pas dans la chambre à coucher...

VALENTIN, brusquement.

Acrai mes enfants ! J'entends qu'on vient ! V'là
les patrons.

Ils déposent leurs cigares inachevés dans un cendrier et
vont se poster tous trois derrière la table-buffet. —
Entre Brigitte.

SCÈNE II

LES MÊMES, BRIGITTE.

BRIGITTE, entrant, gentille toilette de ville.

Bonjour !

MAXIME.

Messieurs, fausse alerte !... Ce n'est que Brigitte !

BRIGITTE.

Cristi ! Ça sent le cigare !

DIDIER.

Bonjour Brigitte !

BRIGITTE.

J'ai bien fait de précéder les patrons. Ce salon

est une tabagie. Vous auriez vraiment pu ouvrir la
fenêtre.

VALENTIN.

On n'y a pas pensé.

BRIGITTE, qui a ouvert la fenêtre.

Là... à présent agitons nos mouchoirs.

Tous quatre agitent leurs mouchoirs.

DIDIER.

S'il en reste un peu, on dira que c'est les cheminées.

BRIGITTE.

Malin, va !

MAXIME.

Alors, les gens de la noce ?

BRIGITTE.

Seront ici dans dix minutes. On a dîné chez Du-
rand... Brillant dîner. Je suis arrivée au dessert.
Le Commadant Laloucagne portait un toast en
l'honneur de madame Bosson, sa belle-mère. Il la
comparait à une plante grimpante. Là... On com-
mence à respirer librement. Je peux fermer la fenêtre.

DIDIER.

Je vous en prie. Ne vous dérangez pas. (Il va fermer
la fenêtre, puis redescend.) Dites Brigitte,... il y avait
beaucoup de convives?

BRIGITTE.

Oh ! non... les témoins du marié, deux militaires,
bien entendu... et puis les témoins de Madame,
M. Duverdier, notaire, et M.ᵗ Tournenville médecin. Et alors, comme garniture un peu de famille,

1.

le petit cousin de Madame, en tête, M. Tranquille Sansonnet, vous savez ?

> MAXIME.

Ah ! l'idiot...

> BRIGITTE.

Permettez... il est chaste, il est timide, mais il n'est pas idiot.

> VALENTIN.

Tanquille Sansonnet. J'aimerais m'appeler comme ça !

> BRIGITTE, le regardant.

Il me semble que je ne vous ai jamais vu ici, vous...

> VALENTIN.

C'est la première fois en effet que j'accompagne ces Messieurs. Ils m'ont dit qu'ils venaient jadis en qualité d'extra aux soirées musicales que donnait à ses amis, feu Folletourte.

> BRIGITTE.

Mon bien-aimé maître !

> VALENTIN.

Ils m'ont parlé de la maison, des cigares qu'on y fume, de la soubrette qu'on y rencontre... Aussi ai-je voulu, ce soir, me joindre à eux.

> BRIGITTE.

On n'est pas plus galant.

> VALENTIN.

Parce qu'on n'est pas plus jolie.

> Geste entreprenant.

> BRIGITTE.

Eh bien ! Eh bien !

DIDIER.

Valentin tu perds ton temps. Brigitte a le cœur nikelé.

MAXIME.

Ou pour mieux dire, elle a horreur de ses pareils. C'est une aristocrate. Elle ne fraye qu'avec les patrons.

BRIGITTE.

Permettez...

DIDIER.

Quoi? quoi? Vous n'étiez pas la bonne amie de Folletourte, peut-être ?

BRIGITTE.

Folletourte a eu mon premier faux-pas, mais je n'en ferai point d'autre. Oh ! mon bien-aimé maître! Il m'aimait. La dernière fois qu'il m'a couchée, ce fut sur son testament. Il m'a laissé dix mille francs.

MAXIME.

Et à Laloucagne un million.

VALENTIN.

La disproportion est choquante!

BRIGITTE.

Ce qui est choquant c'est de laisser toute sa fortune à un inconnu.

VALENTIN.

A un inconnu ?

BRIGITTE.

Mais oui ! un inconnu.

MAXIME.

Folletourte n'était donc pas un ami d'enfance de Laloucagne ?

BRIGITTE.

Non, il le connaissait depuis trois mois à peine.

VALENTIN.

Et il lui a laissé un million ?

BRIGITTE.

Oui, un million et sa femme. Laloucagne était forcé de prendre la femme avec. Le testament faisait de ce mariage une condition formelle.

VALENTIN,

Elle est donc bien laide, la veuve ?

DIDIER.

Elle est jolie comme un cœur.

MAXIME.

Et quel âge au juste ?

BRIGITTE.

Vingt-quatre ans.

DIDIER.

Vingt-quatre ans, mais alors...

BRIGITTE.

Je vous dis que c'est inexplicable.

VALENTIN.

C'est la famille qui doit en faire une tête !...

MAXIME.

Quel lapin ?

Tous quatre rient aux éclats. Laloucagne qui les interrompt a entendu les dernières répliques.

SCÈNE III

LES MÊMES, LALOUCAGNE.

LALOUCAGNE.

C'est très curieux !

MAXIME, qui était assis se relevant d'un bond.

Oh !

LALOUCAGNE.

Quand on écoute des domestiques, on ne les entend jamais parler de leurs propres affaires. Ils ont pourtant une vie privée... ils en ont une, et jamais... c'est très curieux !...

LES DOMESTIQUES, troublés.

Monsieur... Mon commandant !

LALOUCAGNE.

Ne vous troublez pas mes enfants... aujourd'hui rien ne me fâche ! (Reniflant l'air.) Ça sent drôle ici...

MAXIME.

C'est les cheminées qui...

LALOUCAGNE, joyeux.

Parfaitement, c'est les cheminées... (Leur tendant la boîte à cigares.) Encore un cigare ?

MAXIME, troublé.

Monsieur...

LALOUCAGNE.

Ne vous troublez pas. Rien ne me fâche aujourd'hui... rien ne me fâche...

MAXIME, audacieux.

Alors...

Il prend un cigare.

BRIGITTE, regardant le commandant.

Il est charmant !

LALOUCAGNE.

A présent, mes enfants, à votre service ! Surtout,
soyez aimables avec tout le monde. Aujourd'hui je
ne veux pas voir un visage maussade autour de
moi. Je ne fais exception qu'en faveur de ma belle-
mère.

LES DOMESTIQUES, s'en allant et parlant entre eux.

Ah ! Ah ! Très drôle ! Il est très bon enfant !

BRIGITTE, sortant.

A tout à l'heure monsieur...

LALOUCAGNE.

A tout à l'heure, Brigitte. (Brigitte sort. Respirant lar-
gement.) Ah ! Tonnerre de Dieu, la bonne journée !

SCÈNE IV

LALOUCAGNE, JACQUELINE, puis MADAME
BOSSON, puis TOURNENVILLE, DUVERDIER,
CAPITAINE LA BERNERIE et GAVRELLE.

JACQUELINE.

Mon mari !

LALOUCAGNE.

Ma Jacqueline ! Voilà ma Jacqueline !
Tirant sa montre et comptant les secondes : une, deux,
trois.

MADAME BOSSON, entrant.

Mon gendre...

LALOUCAGNE.

Et voici sa mère. J'ai remarqué qu'il ne s'écoule jamais plus de trois secondes entre le moment où je vous aperçois, et celui où surgit madame Bosson.

MADAME BOSSON.

Je vous gêne?

LALOUCAGNE.

Oui, mais je vous adore...

MADAME BOSSON.

Ah!

LALOUCAGNE.

Parce que vous ne me gênerez plus longtemps.

MADAME BOSSON.

Est-ce à dire que votre porte me sera fermée, mon gendre?

LALOUCAGNE.

Du tout belle-maman. Elle vous sera entr'ouverte.

MADAME BOSSON, hors d'elle.

Entr'ouverte!...

JACQUELINE.

Hector veut rire, maman.

MADAME BOSSON.

J'en étais sûre... Chassée! Madame Bosson est chassée!...

JACQUELINE.

Voyons, Hector, soyez gentil avec maman. Vous devriez avoir une grande joie à la garder auprès de vous. Vous savez qu'elle est charmante, maman.

MADAME BOSSON.

Madame Bosson fut caissière chez Véfour, et du haut de son comptoir, quand ses yeux se croisaient avec ceux d'un dîneur, neuf fois sur dix, il avalait de travers. Plus d'un prince lui demanda sa main en même temps que l'addition! Ah! qu'elle était belle!

LALOUCAGNE.

Mais elle l'est encore!... Allons, allons, Jacqueline m'a dit que Folletourte vous donnait une clef de l'appartement?

MADAME BOSSON.

Oui...

LALOUCAGNE.

C'est parfait: Je double!

MADAME BOSSON, avec joie.

Ah!

JACQUELINE.

C'est gentil ça!...

LALOUCAGNE.

Folletourte ne vous servait-il pas une petite pension?

MADAME BOSSON.

Oui, quatre mille francs.

LALOUCAGNE.

Je double. Vous en aurez huit mille.

MADAME BOSSON, éblouie.

Huit mille francs!...

JACQUELINE.

Ah! maman!

LALOUCAGNE.

Folletourte vous invitait souvent à dîner ?

MADAME BOSSON.

Jamais!

LALOUCAGNE.

Parfait! Je double!...

MADAME BOSSON.

Merci, mon gendre, madame Bosson est bien heureuse.

JACQUELINE.

Et nous donc !

Elle embrasse Laloucagne. — Paraissent Duverdier,
Tournenville, La Bernerie et Gavrelle.

TOURNENVILLE.

Sont-ils amoureux!... Mais regardez-les !

JACQUELINE.

Ça ne me gêne pas qu'on nous regarde.

LALOUCAGNE.

Et puis quoi, Messieurs, ne vous a-t-on pas pris
comme témoins? Eh bien, soyez témoins!

Il embrasse de nouveau Jacqueline.

GAVRELLE.

Très drôle, très fin, très joli !

MADAME BOSSON.

Mon gendre est une perle.

DUVERDIER.

Mais vous le haïssiez avant le dîner.

MADAME BOSSON.

Oui, mais, depuis, il s'est passé bien des petites choses.

LALOUCAGNE.

Oui, huit mille petites choses. Ah! ça où donc est le petit cousin Tranquille ?

LA BERNERIE.

Il vient de nous quitter.

TOURNENVILLE.

Il est dans le grand salon. Il aligne les chaises.

LALOUCAGNE.

Les chaises... je donne donc un concert ?

TOURNENVILLE.

Mais oui.

JACQUELINE.

Docteur, vous êtes un bavard! Oui, mon ami, vous donnez un concert. Tranquille l'a organisé, sans en rien dire à personne. Il veut vous faire la surprise.

LALOUCAGNE.

Bon petit Tranquille!... Et il nous jouera un morceau de violon, je suppose ?

JACQUELINE.

Bien entendu.

TOURNENVILLE.

Concert épatant! Je vous dirai deux monologues.

LALOUCAGNE.

C'est trop!... C'est trop!... Mes locataires vont être aux anges. Jamais Folletourte ne leur a offert une soirée pareille.

DUVERDIER.

Jamais.

LALOUCAGNE.

Dites Jacqueline... ils sont gentils mes locataires ?

JACQUELINE.

Très !

MADAME BOSSON.

Il y en a, cependant deux qui ne payent pas très régulièrement, M. Claude Margan, le poëte du sixième parce qu'il n'a pas d'argent, et madame Gilberte Chalandrin, parce qu'elle en a trop.

LA BERNERIE.

Ah ! oui... la demi-mondaine... on m'en a parlé !

DUVERDIER.

Madame Chalandrin, n'est pas une demi-mondaine.

TOURNENVILLE.

Elle a un mari.

JACQUELINE.

Je ne l'ai jamais vu.

DUVERDIER.

Il est souvent chez elle, je vous assure. Il s'appelle César.

LALOUCAGNE.

César !

TOURNENVILLE, vivement à Jacqueline.

D'ailleurs, chère Madame, vous ne doutez pas de la vertu de madame Chalandrin, puisque vous l'avez invitée.

JACQUELINE, riant.

C'est vrai. Et je vois qu'il y a deux personnes qui défendront toujours cette vertu-là, c'est mon médecin et mon notaire.

DUVERDIER.

Pardon, pardon...

TOURNENVILLE.

N'allez pas croire...

LA BERNERIE.

Messieurs ! Messieurs... l'incident est clos. Je retire demi-mondaine.

LALOUCAGNE.

Elle demeure au-dessus, madame Chalandrin?

TOURNENVILLE.

Oui.

DUVERDIER.

Oui.

LALOUCAGNE,

Eh! bien... je serai très heureux de la connaître.

JACQUELINE, avec un léger ton de reproche.

Si heureux que ça ?

LALOUCAGNE.

Oh! voyons Jacqueline!

JACQUELINE.

C'est ce que je vais vous dire : Je veux bien que cette dame ait un mari, mais pas le mien !

GAVRELLE, au fond.

Voilà monsieur Tranquille !

Tournenville et Duverdier sortent.

SCÈNE V

LES MÊMES, TRANQUILLE.

TRANQUILLE.

C'est prêt. Vous pouvez venir jeter un coup d'œil dans le grand salon.

LALOUCAGNE.

La surprise...

TRANQUILLE, désolé.

Comment on vous a dit... ?

LALOUCAGNE.

Oui.

TRANQUILLE.

Ah! mon Dieu! mon Dieu!

LALOUCAGNE.

Non, non, on ne m'a rien dit du tout, Tranquille. Qu'est-ce qu'il va bien pouvoir s'y passer dans le grand salon?

TRANQUILLE, avec malice.

Ah! voilà!... Venez ma tante... Venez ma cousine.

LALOUCAGNE.

Allons!

TRANQUILLE.

Pas vous! Pas vous! Vous, tout à l'heure... C'est à vous mon cousin qu'on fait la surprise...

JACQUELINE, à Laloucagne.

Nous revenons... Je vous laisse avec vos amis...
Il ne faut pas contrarier Tranquille...

TRANQUILLE,

Venez ma cousine, venez Messieurs...

Il sort.

LALOUCAGNE.

C'est tout à fait un crétin, ce petit-là !

SCÈNE VI

LALOUCAGNE, LA BERNERIE, GRAVELLE,
puis POTICHE.

LA BERNERIE.

Qu'est-ce que tu veux ? Folletourte t'a légué tout
son bien, et le cousin Tranquille est compris dans
le lot. Il faut le prendre mon vieux, il faut le
prendre.

LALOUCAGNE,

La Bernerie tu es amer. Je sais pourquoi.

LA BERNERIE.

Ah !

LALOUCAGNE.

Oui, tu perds en moi ton plus vieux compagnon
de plaisir, et cela t'embête. Merci.

GAVRELLE.

Le fait est, qu'on en a troussé des cottes, tous les
trois !

LALOUCAGNE.

Saïs-tu Gavrelle, combien j'ai eu de maîtresses ?

POTICHE, qui est entré, portant trois télégrammes sur un plateau.

Deux cent soixante et onze !

LALOUCAGNE.

Ah! Ah! brigand, tu connais le chiffre!

POTICHE.

Oui, mon commandant. J'aurais aimé faire la noce moi, seulement, je ne suis pas riche, mais en revanche, je suis vraiment laid; alors toute ma vie, j'ai trompé ma faim en vous regardant manger... J'ai écrit toutes vos bamboches dans un petit calepin que j'ai sur moi. Elles sont là, par ordre. Quand je me sens trop amoureux, je les relis.

LALOUCAGNE.

Bon, Potiche!

LA BERNERIE.

Ce que je cherche vainement à comprendre, c'est pourquoi un pharmacien que tu connaissais à peine, t'a légué sa femme et sa fortune...

LALOUCAGNE.

Il faut d'abord savoir, dans quelles circonstances particulières, j'ai rencontré Folletourte.

POTICHE.

Je les connais, moi, les circonstances... C'était en février, il y a deux ans. Le Khédive se promenait dans Paris. Il y avait foule sur son passage. Il était en turc cet homme... et puis les cigarettes... enfin il épatait les parisiens! Rue Duphot où nous étions, mon commandant et moi, il s'était formé deux haies pour le voir passer.

GAVRELLE.

Clara Trompette?

LALOUCAGNE.

Oui, c'est une de mes dernières. Elle avait une envie folle de voir le Khédive... alors, ma foi pour lui être agréable, nous restons dans la foule.

POTICHE.

Pendant qu'on attendait, mon commandant remarque sur le trottoir d'en face, un homme très bien mis qui dévorait avec ses yeux Clara Trompette.

LALOUCAGNE.

J'étais déjà fort agacé. Et ce n'est rien, ça. Le Khédive passe avec un grand renfort de gens chamarrés et de gardes républicains, et l'homme bien mis dédaignant de lever les yeux sur l'escorte, continue à regarder Clara Trompette.

LA BERNERIE.

L'homme bien mis était Folletourte.

LALOUCAGNE.

Oui. Vous comprenez... la colère me prend. Le Khédive, une fois passé, je traverse la rue, j'aborde cet impertinent et lui dis ceci : Pardon, Monsieur, êtes-vous ici pour le Khédive ou pour Clara Trompette ? Il me répond « que ses yeux sont à lui », je le gifle.

POTICHE.

Et le lendemain, entourés de vingt photographes, nous le blessons à l'épaule d'un coup de pointe.

LA BERNERIE.

Tout ça ne m'explique pas...

LALOUCAGNE.

Attends... Attends... A la suite du duel, je vins,
ici prendre des nouvelles de Folletourte... Chose
étrange, il insista pour me recevoir, et il me reçut...
et ce fut tout de suite le coup de foudre... lui, il
l'a eu pour moi ; moi je l'ai eu pour sa femme. Ah !
Je l'ai tout de suite aimée Jacqueline !... mais
elle me résista... « Commandant, s'écria-t-il à
notre seconde entrevue, c'est entre nous à la vie
à la mort ! Vous êtes jaloux comme un tigre, et
j'adore les hommes jaloux. Si jamais je casse ma
pipe avant l'heure, vous entendrez parler de moi ».
Et voilà, il a cassé sa pipe, et j'ai entendu parler
de lui.

LA BERNERIE.

Et il t'a laissé sa femme.

GAVRELLE.

Et un million !

LALOUCAGNE.

Eh ! bien oui... après ? Je ne tiens qu'à sa femme ?
J'ai 20.000 livres de rentes. Idiot !

GAVRELLE.

Moi, si un passant, me flanquait une gifle et un
coup d'épée, il ne me viendrait pas à l'idée de lui
donner de l'argent.

POTICHE.

Tout ça dépend des caractères.

LALOUCAGNE.

Ce qui veut dire ?

POTICHE.

Que ce mariage nous épouvante !

LALOUCAGNE.

Veux-tu me fiche le camp d'ici, double brute!

POTICHE.

Mon commandant...

LALOUCAGNE

Et au trot!

JACQUELINE, entrant.

Oh! mais, je ne vous savais pas violent!

LALOUCAGNE.

Des bêtises, ma chère Jacqueline... des bêtises...

JACQUELINE, à la Bernerie et à Gavrelle.

Messieurs la table de jeu est dressée. Duverdier vous attend pour faire un bridge.

LA BERNERIE.

On y va, madame, Gavrelle et moi, nous adorons le bridge.

GAVRELLE.

C'est vrai...

Ils sortent.

LALOUCAGNE.

Ah! les rosses!

JACQUELINE.

Mais qu'est-ce qu'il y a?

LALOUCAGNE

Il y a... il y a... que tout le monde ici commente le testament de Folletourte d'une façon plus ou moins désobligeante...

JACQUELINE.

Il est pourtant limpide ce testament.

LALOUCAGNE

N'est-ce pas?

JACQUELINE.

Il y a une chose que vos amis ne soupçonnent pas : c'est la générosité d'âme de Folletourte.

LALOUCAGNE.

Oui... Oui...

JACQUELINE.

La première fois que je vous ai vu, c'est le jour où vous êtes venu prendre des nouvelles de mon mari. Je me suis dit tout de suite : « Voilà un bel homme... il est élégant... il a les yeux clairs, et il parle bien »...

LALOUCAGNE.

Oui... oui...

JACQUELINE.

Eh bien ! Folletourte avait deviné mes sentiments pour vous... et trois mois après sentant sa fin prochaine, il décida qu'après lui, c'est vous qui me prendriez pour femme...

LALOUCAGNE.

Voilà ! Quel homme ! Mais la fortune, pourquoi à moi, non à vous ?

JACQUELINE.

Mais s'il ne m'a pas laissé sa fortune, c'est qu'il voulait vous donner la joie de m'enrichir, plus tôt que la confusion d'être enrichi par moi.

LALOUCAGNE.

Voilà ! Quel homme ! (Allant au portrait de Folletourte.) Tu avais une âme très haute !...

JACQUELINE.

Oui. Grand philanthrope. Il me négligeait bien un peu, mais quoi, on ne peut pas aimer tout le monde et sa femme...

LALOUCAGNE.

Ah ! comme mari, il était ?...

JACQUELINE.

Déplorable !...

LALOUCAGNE.

Je rattraperai le temps qu'il a perdu !... Dis moi
que tu m'aimes...

JACQUELINE.

Je t'aime !

LALOUCAGNE.

Nous nous tutoyons... voilà que nous nous tutoyons !... C'est exquis ! Ah ! la bonne existence
qu'on va mener tous les deux !... Nous avons les
mêmes goûts sans doute...

JACQUELINE.

Oui... Vous aimez la musique...

LALOUCAGNE.

Pas du tout. Ça ne fait rien. Nous irons à l'Opéra.
Moi, j'adore la chasse.

JACQUELINE.

Elle me fait horreur. Ça ne fait rien. Nous chas-
serons.

LALOUCAGNE.

L'hiver, nous recevrons, nous donnerons des fêtes,
des bals, des bals masqués.

JACQUELINE, troublée.

Des bals masqués ?

LALOUCAGNE.

Oui.

JACQUELINE, troublée.

Pas de bals masqués Hector... pas de bals mas-

qués... ne parlez jamais de bals masqués devant
moi.

LALOUCAGNE.

Ah!

JACQUELINE.

Non, j'adore trop les joies intimes.

LALOUCAGNE.

Va pour l'intimité. L'hiver donc nous resterons
au coin du feu, et vous me ferez la lecture.

JACQUELINE.

C'est ça!

LALOUCAGNE.

Et l'été... on ira au bois tous les deux... en auto.

JACQUELINE.

En auto ?...

LALOUCAGNE.

Oui, en auto...

JACQUELINE, très troublée.

Hector, ne parlez jamais d'auto devant moi!

LALOUCAGNE.

Ah!

JACQUELINE.

C'est à pied que nous irons au bois tous les deux...
C'est à pied... Je vous aime...

LALOUCAGNE.

Je t'aime!....

Etreinte.

BRIGITTE, ontrant.

Madame... madame, je suis désolée d'interrompre
Monsieur, madame, mais c'est des fleurs pour madame.

2.

JACQUELINE.

C'est bien, posez-les là !

BRIGITTE.

Madame Bosson prie monsieur et madame de venir voir l'arrangement du salon.

LALOUCAGNE,

On y va. (A Jacqueline.) Ma femme !

JACQUELINE.

Mon mari !

Etreinte.

LALOUCAGNE, montrant Folletourte.

Et remarques-tu, comme il a l'air content ? Quel homme !...

Jacqueline et Laloucagne sortent.

BRIGITTE, seule.

Ils sont fous !

SCÈNE VII

POTICHE, BRIGITTE puis GILBERTE
puis DUVERDIER.

POTICHE, qui est entré doucement.

Brigitte... Je t'aime !

BRIGITTE.

Vous n'y allez pas par quatre chemins.

POTICHE.

J'ai la brusquerie des gens timides.

BRIGITTE.

Mon cher Potiche, vous ne me déplaisez pas, mais j'aime ailleurs.

POTICHE.

Ailleurs ?

BRIGITTE.

Oui, j'aime le commandant Laloucagne.

POTICHE.

J'en étais sûr. Maxime et Didier me l'ont dit...
Vous êtes pour patron.

BRIGITTE.

Pas par principe. Folletourte était bon, et Laloucagne est beau...

POTICHE.

Ça, c'est vrai !

BRIGITTE.

Vous l'aimiez bien votre maître ?

POTICHE.

Oui, je l'aime ; et je l'aime justement, parce qu'il
n'est pas mon maître. C'est mieux que ça.

BRIGITTE.

Ah !

POTICHE.

Il y a entre mon commandant et moi un secret,
un secret de famille.

BRIGITTE.

Confiez-le moi.

POTICHE.

Oui, à vous, je peux. Eh ! bien, voilà ! Le père de
mon commandant était un lapin.

BRIGITTE.

Ah !

POTICHE.

Il trompait sa femme tant qu'il pouvait. Un jour,

il se mit à rigoler avec la bonne de la maison. Je
suis le résultat de cette rigolade.

BRIGITTE.

Mais alors, le commandant et vous ?

POTICHE.

Nous sommes frères. Seulement lui, il est entré
par le grand escalier, et moi par l'escalier de service.

BRIGITTE.

Oh !

POTICHE.

Bien entendu, ça ne se sait pas dans la famille.
Mais mon commandant et moi le savons. Et maman... et vous ; ça fait quatre. Ça suffit.

BRIGITTE.

Eh ! bien puisque j'aime votre frère, c'est un peu
comme si je vous aimais, vous.

POTICHE.

Oh ! des phrases, tout ça, des phrases ! Et puis,
mon commandant ne peut pas penser à vous.

BRIGITTE.

Il y a toujours un moment où l'on pense à moi...
Et si M. Laloucagne tarde trop, je lui dirai, moi,
des petites choses que je sais sur Madame...

POTICHE.

Vous savez des petites choses sur Madame ?

BRIGITTE.

Peut-être...

POTICHE.

En rendant mon commandant jaloux, vous ne ferez que le rendre plus amoureux.

BRIGITTE.

Pas sûr... Et puis, je ne suis pas pressée... Tenez, Potiche, aidez-moi un jour à conquérir le commandant, et je vous récompenserai. Timide, serviable et pauvre, vous êtes la bonne pâte dont on fait les amants de cœur.

POTICHE.

Je saisis... J'ai là devant moi le chemin du Paradis, mais il faut que j'y pousse mon maître avant de le prendre.

BRIGITTE.

Et après? L'important c'est que vous le preniez. Ça vous ennuie de le prendre le chemin du Paradis?

POTICHE.

Ça m'ennuie qu'on y marche à deux. Ça m'ennuie surtout que je vienne derrière.

BRIGITTE.

Ah! Vous êtes scrupuleux!

POTICHE.

Et vous pas!

BRIGITTE.

Oh! mon cher, je ne tiens pas à rester femme de chambre, et ce n'est pas à coup de scrupules, qu'on dégote la jolie situation. Demandez à madame Gilberte.

GILBERTE, qui vient d'entrer.

Quoi?

BRIGITTE.

Rien, Madame, une boutade. Je vais prévenir que vous êtes là.

DUVERDIER, qui vient d'entrer, apercevant Gilberte.

Vous ! (Aux domestiques.) Laissez-nous, une minute.

BRIGITTE.

Bien, monsieur...

Brigitte sort au fond. — Potiche sort à droite.

SCÈNE VIII

GILBERTE, DUVERDIER.

GILBERTE.

Bonjour, notaire.

DUVERDIER.

Je vous guettais, Gilberte.

GILBERTE.

Pourquoi ?

DUVERDIER.

Pour vous dire mon désenchantement. Je suis
venu hier chez madame Laloucagne comme j'y
viens toujours depuis deux ans. Vous habitez au-
dessus ; ici, l'endroit m'est commode pour attendre
votre signal.

GILBERTE, riant.

Elle doit vous trouver importun madame Laloucagne !

DUVERDIER.

Oh! j'ai toujours, mon prétexte... inventaires à revoir, codicilles à lui soumettre, signatures à demander... et puis à force de me rencontrer chez
elle, elle m'a pris en amitié. La fréquence de mes

visites ne l'étonne plus. Celle d'hier a duré trois
quart d'heure ! Pendant trois quarts d'heure j'ai
tendu l'oreille, mais vous n'avez pas joué la Tonkinoise !

GILBERTE,

Je me doutais que vous étiez ici. C'est même pour
ça que j'ai joué la Matchich. La Matchich, comme
d'habitude, vous apprenait que mon mari était près
de moi.

DUVERDIER.

Oh !-ce mari !... Ce mari qui vous harcèle toujours et que personne, ne voit jamais...

GILBERTE, se lève.

Des doutes ?

DUVERDIER.

Non, des plaintes.

GILBERTE.

Ah !

DUVERDIER.

Enfin, pourquoi ne vous accompagne-t-il pas ce
soir, César.

GILBERTE.

Il a horreur du monde. Et puis cette nuit il va
au cercle.

DUVERDIER, ému.

Mais alors...

GILBERTE.

Alors, je ne ferai ici qu'une courte apparition, et
dans un quart d'heure, il me prendra, peut-être la
fantaisie de pianoter là-haut, la Tonkinoise.

DUVERDIER.

Enfin !

GILBERTE.

Vous êtes content ?

DUVERDIER.

Oui.

GILBERTE.

Alors, je vous permets de m'offrir bientôt le collier dont je rêve.

DUVERDIER.

Vous aurez dans un quart d'heure, le plus beau collier qui soit.

GILBERTE.

Ah ?

DUVERDIER, avec force.

Mes bras !

GILBERTE.

Ah ! Zut !

DUVERDIER.

Quoi ?

GILBERTE.

Du monde...

SCÈNE IX

Les Mêmes, LALOUCAGNE, JACQUELINE, PO-TICHE, MONSIEUR et MADAME MATHIAS, et leurs trois filles MONSIEUR et MADAME CASTÉRA-VERDUZAN, CLAUDE MARGAN, TOURNEN-VILLE, LA BERNERIE, GAVRELLE.

JACQUELINE, entrant suivie de Laloucagne.

Ah ! madame... Je ne vous savais pas arrivée Toutes mes excuses.

GILBERTE.

M. Duverdier, me tenait compagnie.

JACQUELINE, présentant son mari.

Je vous présente mon mari, le nouveau propriétaire de l'immeuble.

GILBERTE.

Mes compliments, monsieur... Vous êtes très bien
bâti...

LALOUCAGNE, modeste.

Oh ! madame...

GILBERTE.

Et en plein midi, ce qui est toujours un avan-
tage.

LALOUCAGNE.

Ah ! vous parlez de l'immeuble, madame !...

JACQUELINE, présentant Gilberte.

Madame Chalandrin.

DUVERDIER.

Votre plus importante locataire.

GILBERTE.

Sept mille francs de loyer..

DUVERDIER, à lui-même.

C'est moi qui les paie.

LALOUCAGNE.

Sept mille francs... Sapristi, Potiche aurait dû
vous annoncer... je me serais précipité au-devant
de vous. (Appelant.) Potiche !

JACQUELINE, à Gilberte.

Et votre mari ne vous accompagne pas ?

3

DUVERDIER, joyeux.

Il est au cercle.

GILBERTE, gênée.

En effet.

Jacqueline conduit Gilberte au buffet. Duverdier cause
avec elle.

POTICHE, entrant.

Mon commandant ?

LALOUCAGNE.

Pour Dieu, Potiche, annonce au moins les locataires. Voilà une dame qui nous rapporte sept mille
francs, et je ne me trouve pas là pour la recevoir.
Et puis, je ne les connnais pas, moi, tous ces gens
qui vont arriver. Annonce à voix haute et avec
précision.

POTICHE.

Bien, mon commandant.

Il sort.

GILBERTE, qui prend un café glacé.

Vous voyez, je ne me gêne pas. Je consomme
vite, vite, et je pars.

LALOUCAGNE.

Déjà ?

GILBERTE.

Oui, j'ai voulu simplement répondre à votre po-
litesse ; mais je me reprocherais de prendre trop
longtemps plaisir à une fête où César ne m'accompagne pas.

JACQUELINE.

Nous comprenons très bien.

DUVERDIER.

Très bien. Il faut remonter bien vite chez vous.

LALOUCAGNE, avec émotion.

Vous êtes une brave petite femme, vous !

POTICHE, annonçant.

Monsieur, Madame Mathias et leur fils, collégien à Sainte-Barbe... Quatrième étage... trois mille cinq cents de loyer.

LALOUCAGNE.

A la bonne heure! Comme ça je suis au courant... Entrez, mes chers locataires, je suis tout vôtre...

MATHIAS.

Nous présentons, ma femme, mon fils et moi, toutes nos félicitations, à madame Folletourte.

LALONCAGNE, vivement.

Laloucagne, maintenant... Laloucagne !

MATHIAS.

Oui... A madame Laloucagne, et à vous aussi, monsieur.

JACQUELINE.

Je vous remercie, monsieur Mathias.

MATHIAS, à Laloucagne.

Vous n'êtes pas à plaindre, monsieur. Je connais depuis longtemps madame Folletourte.

LALOUCAGNE, vivement.

Laloucagne...

MATHIAS, continuant.

Laloucagne... c'est une perle !

LALOUCAGNE.

Et votre petit, travaille bien ?

MATHIAS.

Mais oui... mais oui... toujours dans les vingt sept premiers...

MADAME MATHIAS, à son mari.

Parle-lui du chien...

MATHIAS.

Oui... Voilà... Depuis que monsieur Laloucagne
est mort...

LALOUCAGNE, vivement.

Ah! non... Folletourte, je vous en prie!

MATHIAS.

Oui... Nous avons une inquiétude... c'est que
son successeur ne nous permette pas de garder auprès de nous, notre chien.

LALOUCAGNE.

Rassurez-vous, monsieur Mathias... J'accepte le
chien. J'accepte tout ce soir... Je suis si heureux,
mon bon Mathias... si heureux!

POTICHE, annonçant.

Les Castéra-Verduzan, second étage, dix fenêtres
sur la rue... cinq mille deux de loyer.

LALOUCAGNE.

Dix fenêtres !... diable... (Allant aux Castéra-Verduzan.) Votre visite me fait le plus grand honneur.

CASTÉRA-VERDUZAN.

Alors, vous êtes notre nouveau propriétaire...

LALOUCAGNE.

Oui ! et tout à votre disposition.

MADAME CASTÉRA, bas, à son mari.

Parle-lui du chien.

CASTÉRA-VERDUZAN.

Oui... nous avons dans l'immeuble, un monsieur
Mathias, qui possède un chien fort bruyant.

LALOUCAGNE.

Je supprime le chien! Il n'est pas de concession que je ne fasse ce soir à mes locataires. Je suis si heureux, mon vieux Castéra... si heureux !

JACQUELINE, à Madame Castéra.

Une coupe de champagne ?

MADAME CASTÉRA.

Volontiers.

POTICHE, annonçant.

Monsieur Margan, poète, qui fait des vers, sixième étage... doit trois termes.

LALOUCAGNE.

Trois termes... diable !

MARGAN, entrant et saluant Laloucagne.

Mes hommages, Monsieur.

LALOUCAGNE.

Ah ! tu dois trois termes ! Ça fait combien d'argent ça ?

MARGAN.

Cinq cents francs !

LALOUCAGNE, les tirant de son portefeuille.

Les voici. Nous sommes quittes.

MARGAN.

Monsieur, j'avais l'intention de donner congé... je n'en ferai rien.

Depuis un instant Tournenville suivi de la Bernerie et Gavrelle est entré, et a salué les uns et les autres.

GILBERTE, qui cause avec Duverdier, apercevant Tournenville.

Docteur !

TOURNENVILLE.

Hé ! bonjour, madame.

GILBERTE.

Débarrassez-moi donc de ma tasse.

TOURNENVILLE.

Volontiers.

DUVERDIER.

J'aurais pu...

GILBERTE.

C'est vrai. Vous auriez pu... Je n'y pensais pas.

Elle lui donne sa tasse.

DUVERDIER, la prenant.

Mais...

GILBERTE.

Eh ! bien, allez !

Duverdier va au buffet avec la tasse.

TOURNENVILLE.

Malicieuse !

GILBERTE.

Ecoute, écoute... je vais prendre congé dans cinq minutes...

TOURNENVILLE.

Moi aussi, alors...

GILBERTE.

Non. Toi, plus tard. Je crois que mon mari est là-haut... Je te le confirmerai, d'ailleurs.

TOURNENVILLE.

En jouant la Tonkinoise.

GILBERTE.

Oui. Mais je m'arrangerai pour qu'il s'en aille vite au cercle. Et dès qu'il sera parti...

TOURNENVILLE, joyeux.

Tu joueras la Matchich?

GILBERTE.

Parfaitement.

TOURNENVILLE.

Tu es exquise!... A propos j'ai le collier.

GILBERTE.

A la bonne heure. Toi, je t'aime!

TRANQUILLE, faisant irruption.

Docteur Tournenville?

TOURNENVILLE.

Eh bien?

TRANQUILLE.

Venez, vous êtes le premier numéro du programme.

PLUSIEURS INVITÉS.

Du programme?

TRANQUILLE.

Oui. J'offre un concert à mon cousin.

LALOUCAGNE.

Ah! la surprise... Merci mon petit Tranquille.

TRANQUILLE.

Messieurs, mesdames, il faut passer dans le grand salon. Ma tante vous y fera les honneurs. L'estrade et les chaises sont prêtes.

JACQUELINE, aux invités.

Par ici. (Elle remonte par la gauche et parle à Gilberte. Tout le monde va vers le grand salon en disant:) Charmante idée! en voilà un propriétaire!... etc...

MARGAN, qui sort le dernier avec Laloucagne.

Dites-moi, mon cher propriétaire, pendant que vous y êtes, vous ne pourriez pas m'avancer le terme d'octobre ?

LALOUCAGNE.

Nous reparlerons de ça.

MARGAN.

Quand vous voudrez.

Ils sortent.

JACQUELINE, remonte, à Gilberte prête à partir.

Alors, vrai, il ne faut pas insister?

GILBERTE.

Non, je me sauve.

JACQUELINE.

Je vais vous accompagner.

Dix heures sonnent.

DUVERDIER.

C'est dix heures qui sonnent ? (A Jacqueline.) Madame, deux mots, je vous prie...

JACQUELINE.

Quoi ?

DUVERDIER.

Voulez-vous, chère madame, joindre tout de suite votre mari et le prévenir que je voudrais lui parler. Rien de grave !

JACQUELINE, riant.

Je l'espère.

Elle sort.

DUVERDIER, seul, tirant de sa poche une enveloppe cachetée et lisant la souscription.

« De la part de Feu Folletourte, pour être remis » au commandant Laloucagne, à 10 heures, dans la » soirée qui suivra le mariage à l'Eglise. »

SCÈNE X

DUVERDIER, LALOUCAGNE.

LALOUCAGNE.

Vous avez à me parler, mon bon notaire ?

DUVERDIER.

J'ai ceci à vous remettre.

LALOUCAGNE, prenant l'enveloppe et lisant.

« Pour être remis au commandant Laloucagne, à
» 10 heures, dans la soirée qui suivra le mariage à
» l'église. » C'est une plaisanterie ?

DUVERDIER.

Du tout. Je reconnais parfaitement l'écriture de
Folletourte. D'ailleurs la lettre était jointe au testament.

LALOUCAGNE.

Je sens qu'un gros embêtement plane sur ma
tête.

A ce moment on entend Gilberte qui joue, à l'étage au-
dessus, la Tonkinoise.

DUVERDIER, à part.

La Tonkinoise ! (Haut.) Ça ne fait rien. Du bonheur plane sur la mienne !

Pendant que Laloucagne examine son enveloppe, Duverdier
sort doucement sur le rytme de l'air qu'on joue au-
dessus.

LALOUCAGNE, d'une voix éteinte.

Pour être remis au commandant Laloucagne, à
10 heures, dans la soirée qui suivra le mariage à

3.

l'église. Duverdier?... Il est parti? Voyons, voyons!
(Lisant la lettre.) « Monsieur et cher successeur.
» Alors, comme ça un monsieur que vous connais-
» sez à peine vous laisse toute sa fortune, et vous
» trouvez ça tout naturel? Idiot! Ce monsieur vous
» fait par-dessus le marché épouser sa femme et
» vous ne vous dites pas qu'il y a quelque chose
» là-dessous? Crétin! » (s'interrompant.) Oh! mais
pardon! (Reprenant.) « Savez-vous pourquoi Jacque-
» line vous a résisté quand vous lui faisiez la
» cour? » Comment! il savait...? (Reprenant.) « Par
» vertu dites-vous?... — Tenez, vous me faites rire!
» c'est parce qu'elle a un amant. »

SCÈNE XI

LALOUCAGNE, POTICHE.

POTICHE, entrant.

Monsieur Tranquille vient d'attaquer son morceau de violon.

LALOUCAGNE.

Potiche!

POTICHE.

Mon commandant?

LALOUCAGNE.

Je vais tomber.

POTICHE, le retenant.

Hé là! Qu'est-ce qu'il y a donc?

LALOUCAGNE.

Il y a, il y a... que je suis cocu.

POTICHE.

Déjà ?

LALOUCAGNE.

Cette lettre l'affirme.

POTICHE, prenant la lettre.

Les lettres anonymes, mon commandant, ça ne
se lit pas, ça se brûle.

Il allume la lettre à la petite bougie qui est sur la table.

LALOUCAGNE, s'élançant.

Malhèureux ! Cette lettre est de Folletourte !
Il la reprend à Potiche et l'éteint en soufflant dessus.

POTICHE.

Diable ! Alors, comme ça, madame a...

LALOUCAGNE.

Oui, tiens, lis.

POTICHE, lisant.

« C'est parce qu'elle a un amant... Seulement
» voilà : cet amant je ne sais pas qui c'est. Mes
» soupçons se sont porté naturellement, sur deux de
» mes amis... Messieurs...

LALOUCAGNE.

Messieurs qui... ? Messieurs quoi... ?

POTICHE.

Je ne sais pas. C'est brûlé. Les noms sont dans
la partie brûlée.

LALOUCAGNE, lui arrachant la lettre et continuant.

« Si mon enquête n'a pas abouti, elle a du moins
» nettement établi l'adul... » C'est brûlé.

POTICHE.

... tère... L'adultère.

LALOUCAGNE, continuant.

« Et vous en trouverez les preuves irréfutables
» dans un petit coffret, que j'ai caché dans le...
» dans le...

POTICHE.

Dans le quoi ?

LALOUCAGNE.

C'est brûlé !

POTICHE, prenant la lettre et continuant.

« Allons, bonne chance, mon vieux Laloucagne.
» Soyez cocu... (Se reprenant.) Soyez convaincu que
» d'où je suis, je contemple avec une joyeuse sé-
» rénité la gueule que vous faites en ce moment...

LALOUCAGNE, au portrait.

Cochon !

POTICHE, lisant.

« Post-scriptum. Cochon vous-même. »

LALOUCAGNE.

Quoi ?

POTICHE

Il pense à tout.

LALOUCAGNE.

Qu'est-ce que tu penses de ça, Potiche ?

POTICHE.

Moi, si j'étais à la place de mon commandant, je
laisserais ma femme à ses plaisirs, et je prendrais
une maîtresse. Je prendrais Brigitte, et feu Folletourte serait bien attrapé.

LALOUCAGNE, à lui-même.

Jacqueline ! Jacqueline !

POTICHE.

Car, enfin, tout ça, c'est du passé. Les affaires de Folletourte ne te regardent pas.

LALOUCAGNE.

Oui, c'est du passé, après tout. Elle ne l'a peut-être plus son amant.

POTICHE.

Si, elle l'a. Pour moi elle l'a... Mais il ne faut pas t'émouvoir, mon Commandant. Tant que tu n'as pas passé la nuit avec madame, tu n'es pas ce que j'appelle marié, donc tu n'es pas ce que j'appelle cocu.

LALOUCAGNE.

Il a peut-être raison.

POTICHE.

Tu ne seras tout ça que demain matin. Alors, il est encore temps de parer le coup. Fais ce soir chambre à part ; s'il te faut quand même une femme, il y a Brigitte.

LALOUCAGNE, violent.

Assez... Tu m'embêtes... Va-t-en... Reste... Laisse-moi.

POTICHE.

Oui, mon Commandant.

Il se dirige vers la porte.

LALOUCAGNE, toujours très nerveux.

Ecoute... viens ici.

POTICHE, revenant sur ses pas.

Oui, mon Commandant.

LALOUCAGNE.

Et n'aie pas peur... Je suis calme... Je suis calme... très calme...

POTICHE, à lui-même.

Connu... !

LALOUCAGNE.

... Oui... alors, tu crois qu'elle me trompe, toi ?

POTICHE.

Oùi.

LALOUCAGNE.

Hein ?

POTICHE.

... Non... Peut-être... je ne sais pas...

LALONCAGNE, dont la colère monte.

Ecoute... Ecoute... il faudra mettre la main dessus...

POTICHE.

Sur l'amant ?

LALOUCAGNE.

Non, sur le coffret. Pour l'amant je m'en charge. Merci, Folletourte ! Merci, canaille ! Je la continuerai ton enquête, je te je garantis. Et quand je le tiendrai l'amant... (Prenant Potiche à la gorge.) Quand je le tiendrai comme ceci, entre mes griffes...

POTICHE.

Eh ! là.

LALOUCAGNE.

Je lui dirai : « Monsieur, tant qu'on trompe Folletourte, on peut rigoler... mais le jour où on se fout de Laloucagne, on meurt !... »

POTICHE.

Grâce !...

LALOUCAGNE, revenant à lui.

Pardon, Potiche...

POTICHE.

Eh bien ! qu'est-ce qu'il va prendre l'amant, quand on le trouvera !...) Qu'est-ce qu'il va prendre !...

Il sort.

SCÈNE XII

LALOUCAGNE, JACQUELINE, puis TOURNENVILLE.

JACQUELINE, entrant.

Mon ami...

LALOUCAGNE.

Vous, Jacqueline !... Vous ! Regardez-moi en face. Vous m'aimez n'est-ce pas ?

JACQUELINE.

De tout mon cœur...

LALOUCAGNE.

Ah ! ah !... son cœur... la voilà qui parle de son cœur !...

JACQUELINE.

Qu'est-ce que vous avez ?

LALOUCAGNE.

Rien !

JACQUELINE.

Si, vous avez quelque chose.

LALOUCAGNE.

Mais non, rien.

JACQUELINE.

Tout à l'heure, Duverdier vous a parlé de la part
de mon premier mari. Est-ce grave ?

LALOUCAGNE.

Oh ! Des bêtises... quelques recommandations au
sujet de notre propriété de Touraine.

JACQUELINE.

Et... c'est tout ?

LALOUCAGNE.

C'est tout !

JACQUELINE.

Vous paraissez pourtant fort en colère !

LALOUCAGNE.

C'est une balle... une balle que j'ai reçu jadis au
Tonkin et qui n'a pas été extraite. Elle se promène
dans mon organisme, et quand par hasard elle me
passe par la tête, elle y fait germer des colères in-
dominables.

JACQUELINE.

Ah! mon Hector.

Elle s'avance pour l'embrasser.

LALOUCAGNE, l'éloignant du geste.

Je voudrais être un peu seul... dans ces moments-
là... j'ai besoin d'être un peu seul.

JACQUELINE.

Ah ! non, par exemple ! je veux bien m'en aller
moi... (Entre Tournenville.) mais puisque voici le docteur, je vous laisse avec lui, et j'entends qu'il ne
vous quitte pas.

LALOUCAGNE.

Soit.

TOURNENVILLE.

Il est malade ?

JACQUELINE.

Il est nerveux.

TOURNENVILLE.

Ah !

JACQUELINE.

C'est une balle...

LALOUCAGNE, impatienté.

Jacqueline !

JACQUELINE.

Je m'en vais... je m'en vais !

Elle sort.

SCÈNE XIII

LALOUCAGNE, TOURNENVILLE.

TOURNENVILLE.

Voyons, voyons... voulez-vous que je vous examine ?

LALOUCAGNE.

Pardon... Ces fleurs... qui lui a envoyé, ces fleurs ? Son amant, peut-être. (Il avise les fleurs apportées tout à l'heure par Brigitte, et examine la carte qui y est épinglée.) « Les anciens élèves de l'école de pharmacie d'Angers ». Oh ! non... Ils sont trop !

Il froisse la carte avec dépit et la met dans sa poche.

TOURNENVILLE.

Mais enfin, qu'est-ce que vous avez ?

LALOUCAGNE.

Ecoutez, je vais tout vous dire. Depuis un instant, j'ai la certitude que Jacqueline... que l'im-
pardonnable Jacqueline...

A ce moment, on entend qu'on joue la Matchich à l'étage
supérieur.

TOURNENVILLE.

Taisez-vous !

LALOUCAGNE, étonné.

Quoi ?

TOURNENVILLE, fredonnant sur l'air qu'il entend.

C'est la danse nouvelle
Mademoiselle
Le mari n'est plus là.
V'là qu'on m'appelle.

LALOUCAGNE.

Mais, docteur...

Tournenville lui impose silence, et sort en fredonnant.

SCÈNE XIV

LALOUCAGNE, BRIGITTE.

LALOUCAGNE.

Il s'en va... comme Duverdier, tout à l'heure?...
Ah! Tonnerre de... (Brigitte qui est entrée et prépare une
citronnade, pousse un cri.) Qu'est-ce que vous faites-là,
vous ?

BRIGITTE.

Je prépare une citronnade pour madame Mathias.

LALOUCAGNE, très violent.

Un mot Brigitte.

BRIGITTE, effrayée.

Ah! Monsieur.

LALOUCAGNE, à lui-même.

Non... pas la colère, la ruse... Un mot, Brigitte...

BRIGITTE.

Oh! Dix... vingt... cent, monsieur!

LALOUCAGNE.

Brigitte, voulez-vous gagner 500 francs?

BRIGITTE.

Il s'agit sans doute de rendre un service à Monsieur?

LALOUCAGNE.

Un grand service.

BRIGITTE.

Alors, je ne veux pas d'argent. L'ivresse d'être agréable à monsieur me suffit.

LALOUCAGNE

Vous êtes une brave fille.

BRIGITTE.

Et je n'ai pas d'amants.

LALOUCAGNE, étonné.

Pourquoi me dites-vous ça?

BRIGITTE.

Mais, pour que vous le sachiez...

LALOUCAGNE, l'interrompant.

Vous êtes depuis longtemps dans la maison?

BRIGITTE.

Depuis quatre ans.

LALOUCAGNE.

Alors, vous avez beaucoup connu Folletourte?

BRIGITTE, avec un sourire.

Beaucoup.

LALOUCAGNE.

Dans quels termes, était-il avec sa femme?

BRIGITTE.

Pas mauvais... Mais à la fin pourtant, le torchon brûlait un peu !

LALOUCAGNE.

Ah ! Pourquoi ?

BRIGITTE.

Feu Folletourte était jaloux de madame.

LALOUCAGNE.

Ah! Jaloux .. sans raison ?

BRIGITTE.

On n'est pas jaloux sans raison, monsieur.

LALOUCAGNE.

Brigitte... tu sais des choses... Parle. Ce n'est pas vingt-cinq louis que je te donnerai... c'est mille... c'est deux mille.

BRIGITTE.

Je n'ai pas besoin d'argent.

LALOUCAGNE.

De quoi as-tu besoin ?

BRIGITTE.

De tendresse.

LALOUCAGNE.

T'en auras ! t'en auras!...

BRIGITTE.

Vrai ?

LALOUCAGNE.

Parle !

BRIGITTE.

Eh ! bien, voilà... Je ne sais rien.

LALOUCAGNE, déçu.

Ah !

BRIGITTE.

Ce que je peux dire c'est que parmi les amis de monsieur, deux d'entre eux venaient trop souvent ici.

L'ALOUCAGNE.

Deux d'entre eux ?

BRIGITTE.

Oui, le notaire et le médecin.

LALOUCAGNE.

Duverdier ? Tournenville ?

BRIGITTE.

Oui.

LALOUCAGNE, incrédule.

Oh!

BRIGITTE.

Si...

LALOUCAGNE.

Tout à l'heure, je leur ai confié mes inquiétudes, et au premier mot, ils ont disparu, comme par une trappe...

BRIGITTE.

Ah ! vous voyez !...

LALOUCAGNE.

Mais, enfin, toi... tes soupçons à toi, sur quoi reposent-ils?

BRIGITTE.

D'abord, j'ai remarqué que Tournenville et Duverdier ne venaient jamais ici les mêmes jours...

Leurs visites à madame, se prolongeaient des heures...

LALOUCAGNE.

Des heures ?

BRIGITTE.

Et puis, un jour, je me rappelle avoir demandé en riant, à Tournenville, si c'était pour moi qu'il venait si souvent ici...

LALOUCAGNE.

Et qu'est-ce qu'il t'a répondu ?

BRIGITTE.

Eh ben, il m'a répondu : « Non, ma petite Brigitte... j'aime quelqu'un qui est au-dessus de toi !... » Au-dessus de moi? J'ai pensé qu'il s'agissait de madame.

LALOUCAGNE.

Tu as pensé juste !... Et Duverdier ?...

BRIGITTE.

Oh ! Duverdier, c'est autre chose... je l'ai rencontré deux fois dans l'escalier de service. Il était en bras de chemise et fuyait éperdument, comme quelqu'un qui vient d'être surpris en train de...

LALOUCAGNE.

Assez !...

BRIGITTE.

Maintenant, tout ça, n'est-ce pas ?... C'est des idées à moi...

LALOUCAGNE.

Et tu ne les as jamais confiées à Folletourte ?

BRIGITTE

Oh! non, à lui c'était pas la peine. Il adorait
Tournenville et Duverdier... alors...

LALOUCAGNE.

Bien entendu... L'andouille!... Merci, Brigitte,
vous pouvez vous retirer...

BRIGITTE.

Bien, monsieur... (A elle-même.) Dans huit jours, il
m'aimera... (A Laloucagne.) Alors, monsieur...

LALOUCAGNE.

Fichez-moi le camp !

BRIGITTE, à elle-même.

Dans huit jours...

Elle sort.

LALOUCAGNE, s'adressant au portrait de Folletourte.

Eh bien! tu vois... Tu as mis dix-huit mois à
courir un amant... Et moi, en dix minutes, j'en
prends deux!...

SCÈNE XV

LALOUCAGNE, puis JACQUELINE, MADAME
BOSSON, puis TRANQUILLE, puis TOUT LE
MONDE.

JACQUELINE.

Eh bien, cette colère ?

LALOUCAGNE.

Elle est tout à fait tombée, cette colère.

JACQUELINE.

Ah ! Tant mieux !...

MADAME BOSSON, entrant.

Mon bon gendre !...

LALOUCAGNE.

Oh ! vous, madame, je vous hais !... et les huit mille francs... Vous savez, les huit mille francs ?...

MADAME BOSSON.

Oui...

LALOUCAGNE.

Eh bien, il les garde votre bon gendre !

MADAME BOSSON.

Oh !...

JACQUELINE.

Il devient fou !...

MADAME BOSSON.

Madame Bosson est stupéfaite !

TRANQUILLE, entrant.

Eh bien ! mon cousin... êtes-vous content de la surprise ?

LALOUCAGNE.

Si je suis... de la... (Il saisit le violon de Tranquille, et le brise sur son genou). Oui... très content.

TRANQUILLE, sanglotant.

Oh ! ma tante, ma tante !

MADAME BOSSON, à Laloucagne.

Vous êtes un sauvage !

JACQUELINE.

Mon Dieu ! mon Dieu !

CASTÉRA, entrant avec sa femme et ses filles.

M. Tranquille a joué comme un amour. Charmante soirée, monsieur.

LALOUGAGNE.

Vous n'êtes pas difficile!

CASTÉRA.

Quoi ?

LALOUGAGNE.

Monsieur... je n'aime pas qu'on se fiche de moi! (Les Mathias entrent à leur tour, puis tout le monde.) Mon ami Mathias a un chien... tant mieux! Le chien restera dans l'immeuble!

MATHIAS, ravi.

Ah! Monsieur !

LALOUGAGNE.

Vous, monsieur, zut!

MADAME MATHIAS.

Je vous suis très reconnaissante...

LALOUGAGNE.

Oh! Madame... point de simagrées... Gardez-les pour vos amants !...

MATHIAS, furieux.

Oh! mais pardon!

LALOUGAGNE.

Si! Si!... Madame Mathias a des amants! Toutes les femmes ont des amants!...

LE COLLÉGIEN.

Parbleu !

JACQUELINE.

Je vous en conjure, mon ami...

4

LALOUCAGNE.

Vous aussi, madame... vous en avez des amants...
Vous en avez deux !

JACQUELINE.

Oh !

TOUS.

Quoi ?... Qu'est-ce qu'il dit ?...

CASTÉRA.

Il devint épileptique.

MARGAN.

Non ! Il devient propriétaire !

LALOUCAGNE.

Qu'est-ce que vous dites ?

MATHIAS.

Ma femme n'a pas d'amants !...

JACQUELINE.

Monsieur... Vous commencez tout à fait à m'exas-
pérer !

LALOUCAGNE.

Vous dites ?

JACQUELINE.

Je savais votre jalousie, mais je ne m'attendais
pas à en constater les effets le soir même de mes
noces. Ecoute, maman... (Entrée de Potiche.) Je ne
suis pas encore votre femme, et ce n'est pas cette
nuit que je le deviendrai... Vous avez compris ?

LALOUCAGNE.

Parfaitement ! (A madame Bosson.) Madame, votre

fille me rend ma nuit, mais comme je suis moins résigné qu'elle, je la passerai avec Brigitte !

Entrée de la Bernerie et de Gavrelle.

TOUS.

Oh !

POTICHE.

Il y a du bon. Vive la classe !

MATHIAS, à La Bernerie et à Gavrelle.

Ma femme, n'a pas d'amants !

LALOUCAGNE.

Mais si... mais si !...

Entrent Tournenville et Duverdier.

TOURNENVILLE et DUVERDIER.

Mais qu'est-ce que c'est ? Qu'est-ce qu'il y a ?

LALOUCAGNE.

Vous ! c'est vous ! Approchez... approchez... Messieurs, vous êtes les amants de ma femme.

DUVERDIER, riant.

En voilà une idée !

TOURNENVILLE, riant.

Elle est crevante ! Moi, je la trouve crevante !

LALOUCAGNE, les giflant tous les deux.

Vli... vlan...

TOURNENVILLE et DUVERDIER.

Oh !

LALOUCAGNE, montrant La Bernerie et Gavrelle.

Voici mes deux témoins... J'attends les vôtres !

Cris, tumulte. Jacqueline tombe, en pleurant, dans les bras de sa mère.

Rideau.

ACTE DEUXIÈME

Même décor.

Mais un nouvel arrangement des meubles, lui donne un aspect plus intime. La table-buffet a disparu. A gauche, un divan qu'abrite un paravent. Près du divan, petite table avec livres et pipes. Ce petit coin doit donner l'impression d'un campement de nuit improvisé. A droite, même table et mêmes chaises qu'au premier acte. Sur cette même table un pot à tabac, une pipe.

SCÈNE PREMIÈRE

POTICHE, puis BRIGITTE.

POTICHE, sortant de chez Laloucagne et allant à la table.

Ah ! Dieu de Dieu ! Ah ! Dieu de Dieu !

Il prépare les cigarettes et le pot à tabac.

BRIGITTE, sortant de gauche, une boule d'eau chaude à la main.

Ah ! malheur, va ! malheur !

Elle se dirige vers les appartements de Jacqueline.

POTICHE.

Où allez-vous comme ça, mademoiselle Brigitte ?

BRIGITTE.

Je vais porter à madame une boule d'eau bien chaude. Elle a les pieds glacés.

POTICHE.

On les aurait à moins. Elle est malheureuse, madame ?

BRIGITTE.

Oui ; elle est en train de déjeuner là, avec sa mère.

POTICHE.

Et mon commandant est en train de déjeuner là... avec ses réflexions... Tout à l'heure, il va se rendre chez La Bernerie et chez Gavrelle, ses deux témoins ordinaires. Je crois qu'il a encore un duel en perspective.

BRIGITTE.

Il se bat donc tout le temps, cet homme-là !

POTICHE.

Oui ; avec Duverdier et Tournenville, ça fera trois rencontres.

BRIGITTE.

Dont pas une avec sa femme !

POTICHE.

Pas une !

BRIGITTE.

Mais enfin, puisqu'il a mouché Tournenville et Duverdier, il devrait être content !

POTICHE.

Mais, pauvre ingénue, il a passé sa colère sur

4

Duverdier et Tournenville, mais il ne les a pas soup-
çonnés plus de cinq minutes... Est-ce qu'ils sont
soupçonnables ?

BRIGITTE.

Parfaitement. J'ai su depuis, que ces messieurs
la menaient très joyeuse !

POTICHE.

Avec qui ?

BRIGITTE.

Avec madame Gilberte.

POTICHE.

Tous les deux ?

BRIGITTE.

Tous les deux !

POTICHE.

Ça, c'est crevant !

BRIGITTE.

Est-il bête, monsieur, d'être jaloux comme ça !

POTICHE.

En tous cas, la situation n'a rien de mauvais pour
nous. Ce qui fait le malheur des uns, fait le bonheur
des autres...

BRIGITTE.

C'est pour moi que vous dites ça ?

POTICHE.

C'est pour nous deux.

BRIGITTE.

Mon pauvre ami... Vous voyez ce lit improvisé ?

POTICHE.

Oui.

BRIGITTE.

Voilà où M. Laloucagne passe toutes ses nuits. Son beau programme, vantardise. Il n'a pas plus franchi le seuil illégitime que le seuil conjugal, et je suis tout aussi à plaindre que madame.

POTICHE.

Vous l'aimez donc bien, mon commandant ?

BRIGITTE.

Oui!...

POTICHE.

Lui, le grand escalier, et moi l'escalier de service.

BRIGITTE.

Je lui ai donné tout mon cœur.

POTICHE.

Merci, très peu pour moi, je vous en prie.

BRIGITTE.

Patience, Potiche, il est convenu que vous viendrez après lui.

POTICHE, soupirant.

S'il en reste !...

SCÈNE II

LES MÊMES, ANNETTE.

ANNETTE.

Vous êtes seuls ?

POTICHE.

Tiens, la bonne d'au-dessus... Bonjour Annette.

ANNETTE.

Vous n'avez pas vu ma maîtresse ?

BRIGITTE.

Madame Gilberte... non.

ANNETTE.

Je dis ça, parce qu'elle m'a dit comme ça qu'en revenant de ses courses, elle passerait chez le commandant Laloucagne... Ah! mes enfants... que je suis embêtée...

BRIGITTE.

Qu'est-ce qui se passe ?

ANNETTE.

Rigolboche et Zizi sont là-haut.

POTICHE.

Rigolboche et Zizi ?

ANNETTE.

Oui... Tournenville et Duverdier...

BRIGITTE.

Ah! bon !...

ANNETTE.

D'ordinaire, ils ne déboulent jamais ensemble... Madame s'arrange pour ça... Seulement, cette fois, ils ont eu ce duel, vous savez ?

BRIGITTE.

Oui... oui...

ANNETTE.

Ils ont gardé la chambre trois jours, et comme les voilà guéris, ils me sont tombés sur le dos à cinq minutes l'un de l'autre...

POTICHE.

Il y a eu choc ?...

ANNETTE.

Non, heureusement ! Je les ai collés chacun dans une chambre ; et je crois qu'ils s'y déshabillent tous les deux en attendant madame. Voilà.

POTICHE.

Ma pauvre Annette...

ANNETTE.

Oh ! moi, je m'en fiche... mais, c'est madame...

SCÈNE III

Les Mêmes, LALOUCAGNE.

LALOUCAGNE.

Alors, non... tu ne veux pas me donner mon tabac ?...

POTICHE.

Si, je veux bien... (Rejoignant Brigitte et Annette qui causent.) Et alors ?

LALOUCAGNE.

Et apporte-moi mon café... je le prendrai ici... en terrain neutre...

POTICHE.

Bien, mon commandant... (A Brigitte et à Annette.) On ne peut pas causer...

Il sort.

LALOUCAGNE.

Bonjour, Annette...

ANNETTE.

J'étais venue...

LALOUCAGNE.

C'est bien; vous étiez venue... Eh bien, allez-vous
en. (Fausse sortie d'Annette.) Ah ! Madame Gilberte
Chalandrin est-elle chez elle en ce moment ?

ANNETTE.

Non, monsieur.

LALOUCAGNE.

Et M. Chalandrin ?

ANNETTE, un peu surprise.

M. Chalandrin ?

LALOUCAGNE.

Oui... le mari de madame...

ANNETTE, souriant.

Pas là non plus, monsieur.

LALOUCAGNE.

C'est moi qui vous fais rire ?

ANNETTE.

Non, monsieur.

LALOUCAGNE.

Sortez. (Annette sort. Sonnerie extérieure.) On sonne
par là, Brigitte ?

BRIGITTE.

C'est madame qui réclame sa boule... sa boule
d'eau bien chaude... (Avec amour à Laloucagne.) Bien
chaude !...

LALOUCAGNE.

Eh bien, ne la laissez pas refroidir...

Brigitte sort. Potiche rentre avec le café.

SCÈNE IV

LALOUCAGNE, POTICHE.

POTICHE, regardant sortir Brigitte.

Malheur !

LALOUCAGNE.

Potiche, mon ami... je crois que je tiens une bonne piste...

POTICHE.

Ah !

LALOUCAGNE.

Oui... verse-moi un verre de fine... Réflexion faite, je ne prendrai pas de café. Ça m'énerve. Tu as pris ton café, toi ?

POTICHE.

Je n'ai pas encore déjeuné.

LALOUCAGNE.

Ça ne fait rien. Prends le tout de même.

POTICHE.

Merci, mon commandant. (s'asseyant à la table.) Ça va me faire mal au cœur.

LALOUCAGNE, violemment.

Debout ! Prends ton café, mais reste debout. Je suis bon garçon, mais chacun à sa place.

POTICHE.

Oui... Grand escalier, va !...

Il se lève et prendra par la suite son café avec grande difficulté.

LALOUCAGNE.

Je te raconte tout, Potiche ; tu es mon meilleur
ami.

POTICHE.

Ton frère. Nous sommes seuls... tu peux dire :
ton frère.

LALOUCAGNE.

Quand je te parle, c'est comme si je me parlais à
moi-même. Eh bien, voilà... la nuit dernière, j'étais
couché sur ce fauteuil, car depuis mon mariage, je
couche sur ce fauteuil. Oh! je ne dors pas, non!...
je réfléchis, je rumine... je la déteste... je lui pardonne...

POTICHE.

Enfin, tu fais l'idiot.

LALOUCAGNE.

Quoi ?

POTICHE.

Rien, rien.

LALOUCAGNE.

La nuit dernière, je ne sais quelle idée me traverse, je vais tout doucement jusqu'à la chambre
de Jacqueline et j'entr'ouvre la porte...

POTICHE.

Eh! Eh!

LALOUCAGNE.

Oh! pas pour entrer... mais pour me rendre
compte, pour voir si elle dormait bien. C'est mon
droit, tonnerre de Dieu!...

POTICHE.

Oui, mon commandant...

LALOUÇAGNE.

Elle était assise sur son lit, et elle pleurait... Je me dis : elle est malheureuse, elle m'aime peut-être !... Je vais pour m'élancer, mais je suis arrêté par une phrase effroyable, une phrase qu'elle se murmurait à elle-même.

POTICHE.

Quelle phrase ?...

LALOUÇAGNE.

« Ah ! mon César, si tu étais auprès de moi, comme tu me consolerais !... »

POTICHE.

Oh !...

LALOUÇAGNE.

Elle ne m'avait pas vu. Je refermai la porte, j'étais édifié.

POTICHE.

Alors, l'homme de la lettre, c'est César ?

LALOUÇAGNE.

C'est César, sans aucun doute.

POTICHE.

Il y a une chose à quoi j'ai réfléchi, mon commandant.

LALOUÇAGNE.

Tu m'étonnes !...

POTICHE.

C'est comme ça. Du moment que madame aime quelqu'un, pourquoi a-t-elle consenti à t'épouser ?

LALOUÇAGNE.

Mais tout simplement pour rattraper le million que me léguait Folletourte.

5

POTICHE.

Oui... oui... Feu Folletourte vous a donné un
million pour que vous preniez madame ; et madame
vous a pris pour que vous lui passiez le million !...

LALOUCAGNE.

Voilà.

POTICHE.

C'est compliqué !

LALOUCAGNE.

C'est compliqué... et c'est infâme !... César !...

POTICHE.

Mais César, quoi ? qui ? voilà le zic... faudrait
savoir, et on ne sait pas.

LALOUCAGNE.

Si, moi, je sais... César Chalandrin...

POTICHE.

Le mari de madame Gilberte ?

LALOUCAGNE.

Oui, c'est le seul César qui habite la maison. J'ai
déjà essayé de le joindre... J'y suis monté sept fois
depuis hier. Il est très difficile à déterrer ce bou-
gre-là... il est toujours sorti... Mais je finirai bien
par mettre la main dessus.

POTICHE.

Si c'est lui, il niera...

LALOUCAGNE.

Evidemment, nous n'avons que des présomptions...
C'est des preuves qu'il faudrait.

POTICHE.

Elles sont dans le coffret...

LALOUCAGNE.

Ah! ce coffret!... J'ai retourné toute la maison, Potiche !

POTICHE.

Moi aussi; hier, j'ai fait les caves.

LALOUCAGNE.

Je m'en suis aperçu. (Tirant do sa poche, la lettre de Folletourte et la relisant.) « Que j'ai caché avec soin dans le... dans la... » Attends!... Attends!... La flamme n'a pas dévoré tout le mot... on dirait...

POTICHE.

A force de vouloir lire ce mot-là, mon commandant s'hynoptise.

LALOUCAGNE.

Dans le b... dans le bu..., je crois...

POTICHE.

C'est pas le buffet, je l'ai fouillé...

LALOUCAGNE.

Le bureau ?

POTICHE.

On l'a démonté le bureau, démonté, pièce à pièce.

LALOUCAGNE.

Le buvard ?... non !

POTICHE, prenant la lettre et l'examinant.

Et puis c'est pas un u, d'abord,... ce serait plutôt un i...

LALOUCAGNE.

Dans le bi... caché dans le bi... c'est impossible!...

POTICHE.

Dans le bi... dans le bi du bu... dans le bi du bu

du ba... (Après un nouvel examen.) C'est un a, mon commandant, c'est un a !... Dans le bahut ?...

LALOUCAGNE.

Il n'y a pas de bahut ici...

POTICHE, vivement.

Dans le baril !...

LALOUCAGNE, vivement.

Dans le baldaquin !...

POTICHE, même jeu.

Dans le bateau !...

LALOUCAGNE, même jeu.

Dans le bassin !...

SCÈNE V

Les Mêmes, BRIGITTE.

BRIGITTE, entrant.

Madame prendra son café ici... en terrain neutre...

LALOUCAGNE.

Bien !... (A Brigitte.) Elle est avec sa mère ?...

BRIGITTE.

Oui, monsieur.

LALOUCAGNE.

Alors, foutons le camp, Potiche ! Voilà une excellente occasion pour moi, de monter pour la huitième fois chez M. César Chalandrin...

BRIGITTE.

Nous devons prévenir monsieur, qu'il y trouvera du monde.

POTICHE.

Ah ! oui. Rigolboche et Zizi !

LALOUCAGNE.

Quoi ?...

BRIGITTE.

Autrement dit : Messieurs Duverdier et Tournenville.

LALOUCAGNE.

Ah ! tant mieux. J'ai à cœur de les embrasser ces deux bougres-là ; je leur dois des excuses, d'abord...

POTICHE.

Ah ! oui !...

SCÈNE VI

LES MÊMES, JACQUELINE.

JACQUELINE, entrant.

Oh ! pardon...

LALOUCAGNE.

De rien, madame... de rien... Je sortais. J'ai une petite affaire à régler avec un de mes locataires.

JACQUELINE.

Encore un duel, sans doute ?

LALOUCAGNE.

Sans doute. Et demain matin, je pourrai vous

dire que je suis venu, que j'ai vu, que j'ai vaincu...

JACQUELINE.

Ah !

LALOUCAGNE.

Savez-vous qui a prononcé ces trois mots là ?

JACQUELINE.

Non.

LALOUCAGNE.

César !

JACQUELINE.

Ah ?

LALOUCAGNE.

Elle n'a pas bronché... elle est très forte... Viens, Potiche...

POTICHE, sortant, et se retournant vers Jacqueline.

César !

Laloucagne sort avec Potiche.

SCÈNE VII

JACQUELINE, puis MADAME BOSSON,
puis TRANQUILLE.

JACQUELINE, exaspérée.

Oh ! mais j'en ai assez, moi... j'en ai assez !...

MADAME BOSSON, passant la tête.

Il n'est pas là ?

JACQUELINE.

Non. Tu peux entrer. Il vient de partir.

MADAME BOSSON.

Ah !...

JACQUELINE.

Encore un duel !...

MADAME BOSSON.

Tant mieux ! C'est peut-être aujourd'hui qu'il se fera tuer !

JACQUELINE.

Maman !...

MADAME BOSSON.

Et, tu lui as parlé ?

JACQUELINE.

Lui parler?... si tu crois que c'est commode!... Dès que j'arrive, il s'en va. Dès que j'ouvre la bouche, il me coupe la parole.

MADAME BOSSON.

Quelle existence que la mienne !

JACQUELINE.

Que la nôtre, maman.

MADAME BOSSON.

Venir tous les matins constater que mon gendre n'a pas rempli ses devoirs conjugaux, et qu'il continue à plonger sa femme dans le désespoir, et madame Bosson dans la misère... Quelle existence !

JACQUELINE.

Tranquille n'est pas arrivé ?

MADAME BOSSON.

Non. Pourquoi ?

JACQUELINE.

Parce qu'il me console mieux que toi, maman.

Il me parle de mon mari, il pleure, alors, je pleure aussi... C'est un plaisir... Toi, tu ne penses qu'à ton argent.

MADAME BOSSON.

Oh!

TRANQUILLE, passant doucement la tête par la porte qui mène aux cuisines.

Il n'est pas là?

JACQUELINE.

Non. Bonjour, mon petit Tranquille.

TRANQUILLE.

Bonjour, ma cousine. Bonjour, ma tante.

JACQUELINE.

D'où sors-tu par là ?

TRANQUILLE, il a un violon neuf sous le bras.

Je suis monté par l'escalier de service. Je craignais de rencontrer ton mari, parce que je viens d'acheter un violon tout neuf. Tu es toujours malheureuse ?

JACQUELINE.

Toujours.

TRANQUILLE, qui pleure.

Ah! mon Dieu ! mon Dieu ! mon Dieu !

JACQUELINE, les larmes aux yeux, à sa mère.

Tu vois, lui... il pleure...

MADAME BOSSON.

La belle avance. Les yeux sont faits pour regarder autour de soi; non pour pleurer.

JACQUELINE.

Ça veut dire?

MADAME BOSSON.

Ça veut dire que l'attitude de mon gendre serait inexplicable, si Madame Bosson ne se l'expliquait pas. Cet homme a une intrigue. Il n'est nullement jaloux de toi. Il nous donne le change, voilà tout.

JACQUELINE.

Voyons, maman, et les duels ?

MADAME BOSSON.

Prétexte, ma fille, pour courir à des rendez-vous d'amour... et quant aux nuits qu'il ne pas passe avec toi, il les passe avec d'autres... parfaitement. Madame Bosson voit clair.

JACQUELINE, très énervée.

Madame Bosson dit des bêtises... Hector n'a pas de maîtresse...

TRANQUILLE.

Pourtant, Brigitte ?...

JACQUELINE.

Fanfaronnade. Quand on a décidé de passer ses nuits avec une femme, on ne l'annonce pas devant toute la terre. Non, non, Brigitte n'est pas dangereuse. C'est d'ailleurs pour ça que je la garde à mon service. Non, mon mari m'aime, je le sais... j'en suis sûre... et cette conviction-là me fait supporter son offense.

MADAME BOSSON.

Alors, selon toi, il serait jaloux ?

JACQUELINE.

Oui.

TRANQUILLE.

Jaloux de quoi?

5.

MADAME BOSSON, avec force.

De rien !... Il ne peut être jaloux de rien !

JACQUELINE.

Mais Tranquille, on est jaloux comme on est asthmatique ou goutteux, c'est une tare...

TRANQUILLE.

Elle nous promet de l'agrément, ta tare...

JACQUELINE.

Il m'aime ! Je vous dis qu'il m'aime ! Ses nuits, il les passe ici, tiens... dans ce salon... sur ce sofa... et elles sont blanches, comme les miennes. Regarde ces deux pipes d'écume... hier, toutes neuves, culottées ce matin... Je vous dis que cet homme souffre...

MADAME BOSSON.

Tant mieux !...

JACQUELINE, très troublée.

Oui, mais il ne souffrira plus longtemps, maman... nous non plus... Je lui parlerai... je lui parlerai... et il verra qu'il a épousé une honnête femme... n'est-ce pas, maman ?...

MADAME BOSSON.

Mais oui... mais oui... tu peux même ajouter, une tout à fait honnête femme...

TRANQUILLE.

Qu'est-ce qu'elles ont ? Qu'est-ce que vous avez toutes les deux ?

MADAME BOSSON et JACQUELINE, très troublées.

Rien,.. rien,.. nous n'avons rien...

SCÈNE VIII

Les Mêmes, TOURNENVILLE.

TOURNENVILLE, entrant brusquement par la porte des cuisines, sa cravate est défaite et il porte sa jaquette sur le bras.

Il ne m'a pas vu !... Je crois bien qu'il ne m'a pas vu !...

JACQUELINE.

Le docteur !

TOURNENVILLE.

Vous, madame !... Grand Dieu, j'ai fui par l'escalier de service. Une porte culinaire était ouverte. Je m'y suis engouffré, et me voilà, dans la gueule du loup. C'est fait de moi. Madame, je vous salue...

MADAME BOSSON.

Vous fuyez donc Laloucagne ?

TOURNENVILLE.

Eperdûment. (A madame Bosson.) Je vous présente mes respects, madame.

JACQUELINE.

Rassurez-vous, mon mari n'est pas là...

TOURNENVILLE.

Je sais. Il est chez Gilberte. J'en viens.

TRANQUILLE.

Ainsi dévêtu ?

TOURNENVILLE.

Oui. Gilberte est ma maîtresse. Bonjour, monsieur

Tranquille. Mais pourquoi me poursuit-il ainsi, ce
Laloucagne ? Ah ! qu'il prenne garde. Le docteur
Tournenville a des revirements terribles! (Bruit à la
cantonade.) C'est lui!... Cachez-moi !...

TRANQUILLE, indiquant le paravent.

Tenez, ici !...

Il se blottit dans le paravent.

SCÈNE IX

LES MÊMES, DUVERDIER.

DUVERDIER, tombant sur la terrasse.

Boum !

MADAME BOSSON,

Le notaire !...

DUVERDIER, entrant avec précipitation.

Cachez-moi !...

JACQUELINE.

Voilà mon notaire, à présent.

DUVERDIER.

Oui, votre notaire... et bien affolé !... Madame...
il a ouvert la porte du boudoir où je me tenais
tapi ; il s'est précipité sur moi, et il m'a serré dans
ses bras... pour m'étouffer sans doute... J'ai secoué
violemment cette lâche étreinte, et j'ai sauté par
la fenêtre ! Boum ! Cachez-moi !

TRANQUILLE.

Mais alors vous venez aussi de chez Gilberte ?

DUVERDIER.

Je viens toujours de chez Gilberte... Au diable
les gens discrets! J'aime cette femme!

MADAME BOSSON.

Vous aussi?

DUVERDIER.

Comment, moi aussi ? (Eternûment.) Lui!

Il se cache.

TRANQUILLE.

Je m'en vais!...

Il sort.

JACQUELINE.

Mais pourquoi soupçonne-t-il précisément Duverdier et Tournenville?

MADAME BOSSON.

Demande-le lui, puisque Duverdier dit que le
voilà.

JACQUELINE.

Oui, je le lui demanderai... mais plus tard...
quand il sera plus calme... Viens, maman...

MADAME BOSSON.

Pauvre lièvre, va!

Madame Bosson et Jacqueline sortent.

SCÈNE X

DUVERDIER, TOURNENVILLE.

DUVERDIER, passant doucement la tête.

Personne... J'avais cru entendre... Pourquoi
m'a-t-elle dit : Vous aussi ?

TOURNENVILLE, *sortant doucement du paravent.*

Personne ?... Ouf!

DUVERDIER.

Tiens ! Tournenville !...

TOURNENVILLE.

Duverdier !

DUVERDIER.

Ça va?

TOURNENVILLE.

Ça va.

*Ils se serrent la main. Tournenville a remis de l'ordre
dans sa toilette. Sa jaquette, d'un noir qui contraste
avec le gris clair de son costume, appartient à Duverdier. — Duverdier, en costume noir, porte la jaquette gris-clair de Tournenville.*

DUVERDIER.

Vous cherchez madame Laloucagne ?

TOURNENVILLE.

Oui... oui et non... je passais devant le paravent...
(*Se reprenant.*) devant la porte... je suis entré.

DUVERDIER.

C'est comme moi; je viens de tomber ici tout à
fait par hasard. Boum !

TOURNENVILLE.

Boum! Et... ça va ?

DUVERDIER.

Ça va ?

Ils se serrent la main.

TOURNENVILLE.

Croyez-vous, hein ?..., Ce Laloucagne ?

DUVERDIER.

Un halluciné !... Nous croire les amants de Jacqueline... Je vous demande un peu !

TOURNENVILLE.

Et ce duel ne vous a pas trop éclopé ?

DUVERDIER.

Non, un coup de pointe à l'épaule.

TOURNENVILLE.

Moi, l'épée a traversé ma chemise... (Indiquant l'endroit.) De là à là. (A partir de ce moment, l'œil de Duverdier se fixe sur la jaquette de Tournenville, avec une sorte d'effroi.) Alors, je me suis évanoui. On a tout de suite fait appeler la lingère, elle a recousu ma chemise, et j'ai gardé le lit pendant trois jours... Pourquoi me regardez-vous avec cette insistance ?

DUVERDIER.

Ce n'est pas vous que je regarde, monsieur, c'est cette redingote.

Il indique la redingote que porte Tournenville.

TOURNENVILLE, regardant sa redingote.

Tiens, en effet, elle n'est pas à moi, cette redingote. (Observant celle que porte Duverdier.) Et celle-ci non plus n'est pas à vous ?...

DUVERDIER.

Mais non.

TOURNENVILLE.

Vous avez ma redingote !

DUVERDIER, gravement.

Et vous la mienne !

TOURNENVILLE, inquiet.

Que faut-il en conclure ?

DUVERDIER.

Que nous laissons traîner nos redingotes dans la même alcôve.

TOURNENVILLE, consterné.

Oh !

DUVERDIER.

Monsieur, votre heure ?

TOURNENVILLE, tirant sa montre.

J'ai trois heures vingt.

DUVERDIER.

Non, je dis : votre heure, votre arme, vos témoins.

TOURNENVILLE.

Me battre, encore. Ah ! non !

DUVERDIER, arrachant un ruban violet à la jaquette qu'il porte.

Vous n'êtes pas digne de porter ceci !

TOURNENVILLE, modeste.

Oh ! c'est les palmes !

DUVERDIER, avec désespoir.

Ma vie, ma carrière, ma fortune... tout!... j'avais tout mis aux pieds de cette femme !... Voici votre redingote. Nous nous battrons.

TOURNENVILLE.

Voici la vôtre. (Ils échangent leurs redingotes.) Vous êtes un lâche ! Votre colère fait volontairement fausse route. Ce n'est pas moi qu'il faut mépriser. C'est cette femme.

DUVERDIER.

Vous avez raison, Tournenville. Vous me dictez mon devoir. Nous allons rejeter cette créature dans la boue d'où elle sort.

TOURNENVILLE.

Parfaitement!

SCÈNE XI

LES MÊMES, puis GILBERTE, puis LALOUCAGNE.

BRIGITTE, annonçant.

C'est madame Gilberte Chalandrin.

DUVERDIER.

Elle arrive à propos.

TOURNENVILLE.

Tout à fait.

BRIGITTE.

Ah ?

Elle introduit Gilberte puis sort.

GILBERTE.

Vous, messieurs!

DUVERDIER.

Nous! Ça vous embête de nous trouver ensemble.

TOURNENVILLE.

Vous préférez généralement nous voir l'un après l'autre...

GILBERTE.

Ce qui signifie ?

TOURNENVILLE.

Que vous me trompez avec Duverdier!

DUVERDIER.

Que vous me trompez avec Tournenville!

GILBERTE.

Qui a pu vous dire...

TOURNENVILLE.

C'est nos redingotes !

DUVERDIER.

Oui. Nous nous reposions chez vous, Gilberte, en amants heureux, presque en chemise, et chacun dans une chambre...

TOURNENVILLE.

Affolé par l'arrivée subite de mon assassin Laloucagne, je me suis précipité sur des vêtements qu'Annette brossait dans le cabinet de toilette. C'étaient les vêtements de Monsieur.

DUVERDIER.

Oui.

TOURNENVILLE.

Vous devinez les conséquences...

DUVERDIER.

Vous les devinez...

GILBERTE.

C'est bien fait! Ça vous apprendra à tomber comme ça chez moi. Il fallait respecter nos conventions et attendre que je vous prévienne. Quand on ne regarde pas les signaux, il y a tamponnement.

DUVERDIER.

Voilà tout ce que vous trouvez à répondre?

GILBERTE.

Non, je trouve encore ceci : Vous me faites une scène que je ne mérite pas. L'un de vous deux sait parfaitement ce que je pense de l'autre, et que je n'appartiens qu'à lui.

TOURNENVILLE et DUVERDIER.

Mais...

GILBERTE.

Alors, il devrait se taire ! (Tournenville et Duverdier gardent le silence.) C'est bien. Maintenant, je vous en préviens, messieurs... à la première allusion désobligeante, c'est fini, nous trois.

DUVERDIER, éclatant.

Cette femme nous joue, Tournenville!

GILBERTE.

Hein ?

DUVERDIER.

Cette femme nous joue !

TOURNENVILLE.

Je le crois !

TOURNENVILLE et DUVERDIER, ensemble avec force.

Madame...

LALOUCAGNE, paraissant au fond.

Je vous tiens !

TOURNENVILLE, s'enfuyant par l'escalier de service.

Nous reprendrons cette conversation...

LALOUCAGNE.

Mais c'est pour des excuses, sacrebleu !... C'est pour des excuses, Duverdier...

DUVERDIER, se sauvant par la porte du fond.

Ne me touchez pas, spadassin! (A Gilberte.) Nous nous reverrons, madame...

Il sort.

TOURNENVILLE, réapparaissant une seconde.

Oh ! oui, nous nous reverrons !...

Il disparaît de nouveau.

SCÈNE XII

LALOUCAGNE, GILBERTE.

LALOUCAGNE.

Madame, je suis désolé...

GILBERTE.

Ah ! vous me mettez dans de jolis draps, monsieur.

LALOUCAGNE.

Je viens de comprendre mon étourderie, mais j'i-
gnorais que ces messieurs fussent votre amant.

GILBERTE.

Eux aussi ! A présent, tout le monde est dans le
secret... Vous êtes bien aimable.

LALOUCAGNE.

Je suis à vos pieds, madame.

GILBERTE.

Oh ! relevez-vous, je vous en prie. Monsieur, j'ai
trouvé ce matin en rentrant, trois cartes de vous...
trois cartes cornées... ce qui prouve que vous êtes...

LALOUCAGNE, froissé.

Madame...

GILBERTE.

Que vous êtes impatient de me voir... Est-ce dans
le but de compliquer ma vie que vous me rendez
toutes ces visites-là ?

LALOUCAGNE.

Non, madame. Ce n'est ni à vous, ni à messieurs
Rigolboche et Zizi que j'en veux. Je comprends
maintenant que c'est pour vous qu'ils venaient si
souvent chez moi. Je me suis trompé d'un étage.

GILBERTE.

Quoi?

LALOUCAGNE.

Rien... La personne à qui j'ai affaire, c'est votre
mari.

GILBERTE, ahurie.

Mon mari?

LALOUCAGNE.

Oui. César Chalandrin.

GILBERTE.

Ah! César... Oh ! vous savez, il est bien rarement
chez lui, César... dites-moi ce que vous avez à lui
dire, je vous assure que c'est plus pratique...

LALOUCAGNE.

Impossible, madame... ce que j'ai à lui dire ne
regarde que nous deux. Je me présenterai chez
vous jusqu'à ce que je le trouve, et je le trouverai.

GILBERTE.

Eh bien, ce jour-là, montrez-le moi... vous me
ferez plaisir!

LALOUCAGNE.

Quoi ?

GILBERTE.

Alors, vous ne me trouvez pas suffisamment en-
gagée comme ça ? Vous voudriez encore que j'eusse

un mari, et que, par conséquent, je trompasse trois
hommes à la fois ? Ah ! vous me méprisez donc
bien !

LALOUGAGNE.

Comment... César ?

GILBERTE.

Mais César n'existe pas, mon bon ami... mais je
l'ai créé de toutes pièces. Il m'était nécessaire...
César, c'est tantôt Tournenville, quand je ne veux
pas recevoir Duverdier...

LALOUGAGNE.

Et tantôt Duverdier, quand vous voulez faire fuir
Tournenville.

GILBERTE.

Voilà !

LALOUGAGNE.

C'est très ingénieux. Il ne me reste plus madame,
qu'à vous prier d'excuser toutes mes sottises. Dis-
posez de moi, je vous dois une réparation.

GILBERTE.

Comme ça se trouve ! J'en ai plusieurs à vous demander ; ainsi, ma baignoire fuit... tout le monde
s'en plaint.

LALOUGAGNE.

Oh ! tout le monde...

SCÈNE XIII

Les Mêmes, POTICHE, puis TRANQUILLE.

POTICHE, entrant.

Monsieur, il y a là trois messieurs qui disent que monsieur les a convoqués.

LALOUCAGNE.

Attends...

GILBERTE.

Mon cher propriétaire, je vous laisse.

LALOUCAGNE.

Au revoir, belle dame. Je ferai réparer la baignoire.

GILBERTE.

Vous êtes tout à fait aimable.

Elle sort.

LALOUCAGNE.

Des messieurs... Quels messieurs ?...

POTICHE, lisant trois cartes.

César Blum... César Botreuil... César Bisquet.

LALOUCAGNE.

Ah! oui... à tout hasard, je convoque ici tous les César... par ordre alphabétique... j'en suis au B... Une bonne idée que j'ai eue là, car le César que nous soupçonnions le plus, Potiche...

POTICHE.

Eh bien ?...

LALOUGAGNE.

Eh bien, il n'existe pas!

POTICHE.

Non !

LALOUGAGNE.

Ça ne fait rien. Nous le trouverons, va... celui qu'elle appelle dans ses rêves!... Ah ! la misérable !... Tiens, sais-tu ce qu'elle fait en ce moment ?... Elle est là, dans sa chambre, avec sa mère... et Tranquille, dont voici le violon... et tous les trois combinent un nouveau plan pour déjouer mes soupçons... Ah ! tonn...

> Au moment, où il va saisir le violon de Tranquille, celui-ci qui est entré s'en empare désespérément.

TRANQUILLE.

Non !

LALOUGAGNE.

C'est Tranquille !

TRANQUILLE.

Je suis arrivé à temps !

LALOUGAGNE.

Ecoutez-moi, Tranquille... Je sais que vous me détestez...

TRANQUILLE.

Je ne vous déteste pas. Je vous crains...

LALOUGAGNE.

Malgré ça, seriez-vous homme à répondre à une question ?

TRANQUILLE.

Je serais homme.

LALOUCAGNE.

Approchez. Vous êtes le meilleur ami de Jacqueline... Lui avez-vous jamais entendu parler d'un certain César ?

TRANQUILLE.

Ah ! oui... ce fut la grande passion de sa vie.

LALOUCAGNE.

Ah !

TRANQUILLE.

Elle le regrette tous les jours.

LALOUCAGNE.

Alors, elle ne l'a plus ?

TRANQUILLE.

Elle ne l'a plus; mais je sais qu'elle en cherche un autre...

LALOUCAGNE.

Tonnerre !...

Geste violent.

TRANQUILLE.

Je m'en vais !...

LALOUCAGNE.

Non. Reste... N'aie pas peur... Et tu pourrais me le dépeindre ce César ?

TRANQUILLE.

Très facilement. Gueule en pointe, poil ras, et la queue en trompette.

LALOUCAGNE.

Quoi ?

POTICHE, éclatant de rire.

C'est un chien !...

6

TRANQUILLE.

Mais oui, c'est un chien!...

LALOUCAGNE.

Ah! je m'y perds, alors, moi... je m'y perds!

POTICHE, riant toujours.

C'est un chien!... L'amant de madame est un chien!... C'est à crever de rire!

LALOUCAGNE.

Tu as fini?...

POTICHE, brusquement sérieux.

Oui, mon commandant...

Il sort.

LALOUCAGNE, appelant avec force.

Jacqueline!...

SCÈNE XIV

LALOUCAGNE, JACQUELINE,
MADAME BOSSON, TRANQUILLE.

MADAME BOSSON.

Vous nous appelez, monsieur?

LALOUCAGNE.

J'appelle Jacqueline.

JACQUELINE.

Me voici.

LALOUCAGNE.

Vous aimez les chiens, Jacqueline?

JACQUELINE.

J'en ai surtout adoré un, monsieur.

LALOUCAGNE.

Son nom ?

JACQUELINE.

César.

LALOUCAGNE.

C'est bien... Voyons, Jacqueline.... votre amant
ne s'appelle ni Tournenville, ni Duverdier...

JACQUELINE.

Vraiment ?...

LALOUCAGNE.

Il ne s'appelle pas non plus César, puisque celui
de Gilberte n'existe pas, et que l'antre est un chien..

JACQUELINE.

Quoi ?

LALOUCAGNE.

Alors, un bon mouvement... Comment s'appelle-
t-il ?

JACQUELINE.

Monsieur, vous m'exaspérez !...

LALOUCAGNE.

Vous ne voulez pas répondre ?

JACQUELINE.

Pas avant de savoir qui m'accuse...

LALOUCAGNE.

Une voix d'outre-tombe !...

MADAME BOSSON.

D'outre quoi ?...

LALOUCAGNE.

Fouillez dans vos souvenirs, madame... et dites-
vous bien que je ne suis pas un Folletourte !...

MADAME BOSSON et JACQUELINE.

Mon Dieu !...

POTICHE, rentrant.

Les trois César...

LALOUCAGNE.

J'y vais... (Se retournant sur le pas de la porte.) Je ne suis pas un Folletourte !...

Il sort.

SCÈNE XV

JACQUELINE, MADAME BOSSON, TRANQUILLE.

JACQUELINE.

Maman, tu as entendu ce qu'il a dit ?

MADAME BOSSON.

Il a dit qu'il fallait fouiller dans tes souvenirs.

TRANQUILLE.

Il a même ajouté, qu'il n'était pas un Folletourte.

JACQUELINE.

Alors, c'est effrayant !

TRANQUILLE.

Qu'est-ce qui est effrayant ?

JACQUELINE.

Ça ne te regarde pas.

TRANQUILLE.

Je m'en vais.

MADAME BOSSON.

Reste! tu vas tout savoir.

JACQUELINE.

Maman...

MADAME BOSSON.

L'heure est venue où nous avons besoin d'un conseil. Les derniers mots de ton mari font revivre un drame atroce que nous nous imaginions être seules à connaître...

JACQUELINE.

Mais...

MADAME BOSSON.

Tranquille est ton cousin, sous une enveloppe naïve et presque stupide, il cache un fin psychologue... ses avis nous seront précieux.

JACQUELINE.

Tu ne vas pas raconter à Tranquille...

MADAME BOSSON.

Non, c'est toi qui lui raconteras.

JACQUELINE.

Jamais!

TRANQUILLE.

Ah! mon Dieu... vous avez tué quelqu'un toutes les deux!

MADAME BOSSON.

Pis que ça!... Nous avons manqué à la foi conjugale...

TRANQUILE, à Jacqueline.

C'était vrai... tu as trompé ton mari?

6.

JACQUELINE.

Le premier, oui... Folletourte... oui, je l'ai trompé... peut-être...

TRANQUILLE.

Peut-être ?

MADAME BOSSON.

Oui, peut-être.

TRANQUILLE.

Et avec qui l'as-tu trompé ?

MADAME BOSSON.

Nous ne savons pas au juste.

TRANQUILLE.

Quoi ?

JACQUELINE.

Ecoute, mon petit Tranquille... maman a raison... je vais tout te dire... et tu trouveras peut-être dans cette confidence, la source des colères d'Hector... je vais tout te dire.

TRANQUILLE.

Je t'écoute.

JACQUELINE.

C'était en 1906... la rue de Bourgogne était heureuse... et Folletourte me témoignait un amour bourgeois et régulier, que je subissais sans colère. Un jour, le peintre Torniol, qui venait d'achever ce beau portrait de mon mari, nous invita au bal donné par les Quatz'arts, dans la salle du Moulin-Rouge.

TRANQUILLE.

Je me souviens... le fameux bal historique dont on a tant parlé.

MADAME BOSSON.

Folletourte était costumé en Doge de Venise, et Jacqueline en Odalisque.

TRANQUILLE.

C'est affreux !... C'est épouvantable !

JACQUELINE.

Nous arrivons au bal... Ah ! Tranquille, quel spectacle !... le défilé des ateliers surtout, est une chose inoubliable... Figure-toi une théorie de femmes blondes, rousses, portées, les unes à bout de bras, les autres sur des pavois improvisés...

TRANQUILLE.

Elles avaient le costume historique ?

JACQUELINE.

Historique... non... plutôt biblique... Elles étaient nues.

TRANQUILLE.

Nues !

JACQUELINE.

Oui.

TRANQUILLE.

Dans quel but ?

MADAME BOSSON.

Dans le but de plaire.

JACQUELINE.

Et elles plaisaient... C'est effroyable comme elles plaisaient !... Après le défilé, il y eut une heure folle !... une heure de déchaînement... Imagine le sac d'une ville au moyen-âge.

MADAME BOSSON.

Le viol en moins.

JACQUELINE.

Oui... mais tant de petites choses en plus !... Ah !
quel coup d'œil !... quel coup d'œil !... Tous les siè-
cles, tous les pays, confondus dans un anachronisme
vertigineux !... Abélard cause avec Messaline... le
marquis de Sade avec Sainte Thérèse... et moi, je
regarde tout ça, ahurie...

MADAME BOSSON.

Tout à coup, un flot de guerriers Gaulois la sé-
pare de son mari...

JACQUELINE.

Je le cherche... je le cherche... et je ne le trouve
pas... Des hommes me bousculent, d'autres m'em-
brassent, et en une minute, toute l'histoire de France
est à mes trousses... Napoléon me prend la taille,
et le roi Dagobert me demande effrontément, si ma
culotte est à l'envers... J'étais affolée !... Enfin, contre un pilier... robe écarlate, barbe d'argent... C'est
lui, c'est mon mari... il m'ouvre ses bras, j'y tombe,
et le supplie de m'emmener. Nous sortons. Passe
une voiture automobile avec taximètre, une des
premières qui ont circulé dans Paris. Je jette l'a-
dresse au cocher, je saute dans la voiture, et mon
mari s'assied à côté de moi.

TRANQUILLE.

C'est affreux !... C'est épouvantable !

JACQUELINE.

Ma foi j'étais si contente... j'étais si contente de
l'avoir retrouvé, que je l'embrasse... lui aussi m'embrasse, mais si drôlement... si amoureusement...

MADAME BOSSON.

Que ça l'étonne.

JACQUELINE.

Oui. Mais, je me dis que c'est son costume qui
lui monte à la tête... ou le mien... Enfin, je me
laisse faire, et de baisers en baisers... je lui accorde
tout ce qu'une odalisque, peut accorder à un Doge
de Venise...

TRANQUILLE, se levant, très gêné.

Il m'est impossible d'en entendre plus long.

MADAME BOSSON.

Reste ! Le libertinage est fini... la tragédie com-
mence...

TRANQUILLE, satisfait.

Ah!

JACQUELINE.

L'auto s'arrête. Je descends. « Eh bien, nous avons
eu une jolie conduite! » dis-je en riant à Folletourte,
quand nous fûmes sur le trottoir... « Je ne demande
qu'à recommencer, si tu permets que je monte chez
toi... » me répond une voix, qui n'était pas la
sienne!... Terrifiée, je regarde fixement mon inter-
locuteur... Ce n'était pas mon mari !

MADAME BOSSON.

Elle s'était trompée de Doge de Venise!

TRANQUILLE.

C'est affreux !... c'est épouvantable !... Il y en
avait donc plusieurs dans le bal, des Doges de Venise ?

JACQUELINE.

Il faut croire !...

TRANQUILLE.

Comment as-tu pu confondre ?

JACQUELINE

Je ne sais pas. J'ai confondu, le fait est là... Mon mari portait une barbe postiche, il ne l'avait accrochée qu'au dernier moment, et mes yeux s'étaient mal habitués à cette transfiguration.

TRANQUILLE.

Oui, oui... je comprends... l'autre aussi portait une barbe potiche...

MADAME BOSSON.

Ou réelle...

TRANQUILLE.

Et le nom de cet homme, le sais-tu ?

JACQUELINE.

Du tout. Dès que j'ai compris mon erreur, je me suis sauvée de lui comme une folle... j'ai pris un fiacre, et je me suis fait vite conduire au bal des Quatz'arts !

MADAME BOSSON.

Là, elle a retrouvé son mari... le vrai.

TRANQUILLE.

Et tu lui as raconté ?...

JACQUELINE.

Ah ! non, par exemple !... Tout ça n'avait pas duré vingt minutes. Alors, il a facilement cru que j'étais restée dans le bal.

TRANQUILLE.

Donc personne n'a su l'aventure ?

JACQUELINE.

Personne... que maman, à qui bien entendu, je l'ai racontée le lendemain.

MADAME BOSSON.

Et je l'ai gardée pour moi, je te prie de le croire !

TRANQUILLE.

Oui... Ce qui paraît certain pourtant, c'est que Laloucagne est renseigné...

MADAME BOSSON.

Oui... et que le renseigneur est Folletourte.

JACQUELINE.

C'est impossible. Folletourte n'en a jamais rien su.

TRANQUILLE.

Tu n'aurais pas oublié par hasard quelque chose, dans le fatal auto ?

JACQUELINE.

J'y ai oublié quelque chose.

TRANQUILLE.

Quoi ?

JACQUELINE.

Mon honneur d'épouse.

TRANQUILLE.

Mais encore...

JACQUELINE.

C'est tout... je n'avais que ça sur moi.

MADAME BOSSON.

Ton honneur d'épouse n'est pas en cause... ton acte fut conjugal !

TRANQUILLE.

Oh ! Pardon... pardon...

MADAME BOSSON.

Conjugal ! Ton mari exige de toi, en voiture, une

soumission précipitée. Tu obéis, c'est ton devoir.
Un autre en profite, ce n'est pas ta faute.

TRANQUILLE.

Mais sapristi ! Elle a pourtant trompé son mari...

MADAME BOSSON.

Au contraire... Elle l'a aimé une fois de plus
qu'on ne croit.

TRANQUILLE.

Ah !

JACQUELINE.

Enfin, à notre place... qu'est-ce que tu ferais,
Tranquille ?

TRANQUILLE.

Ce que je ferais ?... Je dirais tout à Laloucagne.

MADAME BOSSON.

Et si il ne sait rien ?

JACQUELINE.

Oh ! ça... il sait sûrement quelque chose.

MADAME BOSSON.

Oui, mais il ne sait peut-être pas tout.

TRANQUILLE.

Alors, s'il ne sait pas tout, il ne faut rien lui
dire.

JACQUELINE.

Oui, mais si il sait quelque chose, il faut peut-
être lui dire tout.

TRANQUILLE.

Oui, il faut lui dire tout.

MADAME BOSSON.

Jamais !... Il faut avant tout, savoir au juste ce
qu'il sait.

JACQUELINE.

Oui, mais comment savoir?

MADAME BOSSON.

Je m'en charge.

Elle sonne.

JACQUELINE.

Que fais-tu maman ?

MADAME BOSSON, à Potiche qui entre.

Priez M. Laloucagne de venir me parler. (Potiche sort. A Jacqueline.) Toi, va-t-en... Ou ton mari sera ce soir à tes pieds... ou nous demandons demain matin le divorce.

JACQUELINE.

Bien maman. Et après que j'aurai divorcé ?...

MADAME BOSSON.

Nous essaierons de rattraper l'argent, et tu épouseras Tranquille, qui me fera une pension de huit mille francs.

TRANQUILLE, à Jacqueline.

Je ne t'épouserai pas.

JACQUELINE.

Pourquoi ?

TRANQUILLE.

Parce qu'il y a une sale histoire dans ta vie.

MADAME BOSSON.

Tu l'épouseras !....Allez.

TRANQUILLE.

Ah?... Bien ma tante... Alors, je t'épouserai.

Jacqueline et Tranquille sortent.

MADAME BOSSON, seule.

La paix dans ce ménage... la paix dans ce ménage à tout prix!...

7

SCÈNE XVI

MADAME BOSSON, LALOUCAGNE.

LALOUCAGNE, entrant.

Je vous écoute, madame.

MADAME BOSSON.

Monsieur, je ne puis admettre, pour ma fille et pour moi, que la séparation de corps que vous nous imposez, se prolonge plus longtemps.

LALOUCAGNE.

J'imagine que, personnellement, elle ne vous gêne pas...

MADAME BOSSON.

Point d'ironie, je vous prie... Répondez, monsieur... y a-t il eu des fous dans votre famille ?

LALOUCAGNE.

Pas jusqu'à mon mariage, madame.

MADAME BOSSON.

C'est donc que votre jalousie batailleuse s'appuie sur quelque chose ?

LALOUCAGNE.

Je vous ai dit sur quoi elle s'appuyait.

MADAME BOSSON.

Ah ! oui... la voix d'Outre-tombe... Elle bafouille la voix d'Outre-tombe.

LALOUCAGNE.

Au testament de feu Folletourte était jointe une lettre, entendez-vous... une lettre formelle.

MADAME BOSSON, qui se trouble.

Une lettre ne signifie rien... nous exigeons des preuves.

LALOUCAGNE.

Il en existe.

MADAME BOSSON.

Ça n'est pas vrai... ça n'a pas pu se savoir...

LALOUCAGNE.

Qu'est-ce qui n'a pas pu se savoir ?

MADAME BOSSON.

Mais, ce que vous savez...

LALOUCAGNE.

Je ne sais rien...

MADAME BOSSON.

Alors, ça va bien.

LALOUCAGNE.

Non, ça ne va pas bien... Folletourte était certain que Jacqueline le trompait... Sur quoi s'appuyait cette certitude ?... J'attends.

MADAME BOSSON.

Eh bien... eh bien, voilà... La coupable, c'est moi!

LALOUCAGNE.

Vous ?

MADAME BOSSON.

Oui, moi !... Vous savez que je fus caissière chez Véfour... Entourée de mille tentations, je cédai à l'une d'elles.

LALOUCAGNE, incrédule.

Oh !

MADAME BOSSON.

C'est comme ça... Cette tentation demeurait 102, Chaussé d'Antin...

LALOUCAGNE

Il n'y a pas de 102, Chaussée d'Antin.

MADAME BOSSON.

Oui... je me trompais... deux, tout simplement deux... ma fille, sans savoir bien entendu, la pauvre enfant... me déposa deux ou trois fois devant la porte, ce qui fit jaser, non sur moi, mais sur elle.

LALOUCAGNE.

Oui... oui...

MADAME BOSSON.

De plus, je reçus de cet homme quelques lettres trop édifiantes. J'en perdis une, qui fut retrouvée par Folletourte... Il la crut évidemment adressée à sa femme. De là son erreur... et la vôtre. (A part.) Ouf!

LALOUCAGNE.

Vous êtes sûre que Folletourte a trouvé une lettre d'amour à vous adressée ?

MADAME BOSSON.

Sûre. C'est depuis ce jour-là qu'il est devenu férocement jaloux de sa femme...

LALOUCAGNE.

Incroyable !

MADAME BOSSON.

C'est comme ça !

LALOUCAGNE.

C'est ma belle-mère... c'est ma belle-mère qui cascadait !...

MADAME BOSSON.

Que voulez-vous, mon gendre... Madame Bosson est restée veuve à 27 ans. Les treize premières années, elle a tenu bon... Mais la quatorzième...

LALOUCAGNE.

C'est bien vrai, tout ça ?

MADAME BOSSON.

Je le jure.

LALOUCAGNE.

Sur quoi ?

MADAME BOSSON.

Sur votre tête, mon gendre.

LALOUCAGNE.

Ah! Il me semble que je viens d'exhaler cent kilos... (Apercevant Jacqueline qui entre.) Ma Jacqueline !...

MADAME BOSSON.

Pas un mot de cette histoire, n'est-ce pas ? Ne me déshonorez pas devant ma fille.

LALOUCAGNE.

Soyez tranquille.

MADAME BOSSON, à elle-même.

Ça a pris.

SCÈNE XVII

LES MÊMES, JACQUELINE.

Jacqueline entre. Elle a son chapeau et sa valise.

LALOUCAGNE.

Mais pourquoi cette valise ?

JACQUELINE

Parce que j'en ai assez, monsieur. Je suis décidée
à ne plus supporter vos injures, et à me retirer
tout de suite chez ma mère.

LALOUCAGNE.

Jacqueline, mon amour, ta sainte mère m'a convaincu. Je t'ai soupçonnée bêtement, et nous avons
perdu huit jours de bonheur !

JACQUELINE.

Qu'est-ce que tu as pu lui dire, maman?

MADAME BOSSON.

Ma fille...

LALOUCAGNE.

Rien !... Ça ne regarde que nous deux.

JACQUELINE, à Laloucagne.

Alors... comme ça... tout d'un coup, tu vas devenir le mari possible... le mari qui ne soupçonne
plus?

LALOUCAGNE.

Je vais devenir ce mari là !

JACQUELINE.

A la bonne heure ! Pour t'y encourager, je te jure
devant maman, que je suis la plus honnête des
femmes.

LALOUCAGNE.

Ah !

Il l'embrasse.

MADAME BOSSON, à elle-même.

Je viens d'être sublime moi, tout simplement!
Mes enfants, je vous laisse, je vais commander une
glace et des petits gâteaux, pour ce soir.

LALOUCAGNE.

Et revenez tout de suite avec des petits gâteaux... des petits gâteaux et du madère... Je veux fêter mon mariage.

MADAME BOSSON, joyeuse.

Enfin !

Elle sort.

JACQUELINE.

Mais enfin... qui m'avait ainsi desservie auprès de toi ?

LALOUCAGNE.

Un imbécile !... Un imbécile, que j'ai assez vu d'ailleurs. (Appelant.) Brigitte ! Potiche !...

JACQUELINE.

Qu'est-ce que tu vas faire ?

LALOUCAGNE.

Une petite exécution... Va, mon cœur... va retirer ton chapeau.

JACQUELINE, en sortant.

Mais, qu'est-ce que maman a bien pu lui dire ?

LALOUCAGNE.

Tonnerre de Dieu... la bonne journée !...

SCÈNE XVIII

LALOUCAGNE, BRIGITTE, POTICHE.

LALOUCAGNE, à Brigitte et à Potiche qui entrent, leur montrant le tableau.

Mes enfants, décrochez-moi cette andouille.

POTICHE.

Folletourte est dégommé!... Chouette!

LALOUCAGNE.

Allez... ouste !

BRIGITTE.

Maintenant, qu'est-ce qu'on va en faire?

LALOUCAGNE.

On le montera au grenier, parmi les rats... et la
face contre terre.

*Tous trois ont décroché le tableau, l'ont retourné derrière
la muraille.*

BRIGITTE, *brusquement, regardant derrière le tableau.*

Tiens...

LALOUCAGNE.

Quoi ?

BRIGITTE.

Ah ! Monsieur, il y a quelque chose d'écrit là !

LALOUCAGNE.

Comment? (*Lisant avec peine.*) J'étais... sûr... qu'on
me décrocherait...

POTICHE.

Oh !

LALOUCAGNE.

C'est encore de Folletourte !

POTICHE.

Est-il bavard, cet animal-là !

BRIGITTE.

Monsieur, c'est pas fini... il y en a encore.

LALOUCAGNE, *continuant à lire.*

... qu'on me décrocherait... et qu'on préférerait

à la parole du loyal pharmacien, les mensonges
d'une gourgandine, qui se donne au premier venu
dans un taxi-auto!

BRIGITTE.

Qu'est-ce que ça veut dire?

LALOUCAGNE.

Je ne sais pas. (Réfléchissant.) Mais elle ne s'est pas
donnée en taxi-auto, ma belle-mère... elle s'est donnée rue de la Chaussée d'Antin... Oh! Je crois qu'on
se fout de moi, ici... Mes enfants, on se fout de
moi!

POTICHE.

Toujours!

LALOUCAGNE.

Collez-moi cette andouille contre le mur, et allez-
vous en! (Courant à la porte de Jacqueline.) Jacqueline!
Jacqueline!...

MADAME BOSSON, entrant, une assiette de petits fours à
la main.

Voici toujours les petits gâteaux.

LALOUCAGNE, prenant l'assiette et la jetant à toute volée.

Un instant!

MADAME BOSSON, stupéfaite.

Quoi?

JACQUELINE, entrant.

Tu m'appelles?

LALOUCAGNE.

Oui... Que penseriez-vous d'une femme qui aurait juré fidélité à son mari... juré devant sa
mère... et qui cependant aurait un amant?

7.

JACQUELINE.

Un amant ?

LALOUCAGNE.

Oui ! Un homme auquel elle se serait donnée...
dans un taxi-auto !...

JACQUELINE, dans un cri terrible.

Un taxi ! Il sait tout, maman... il sait tout !

Elle s'évanouit.

MADAME BOSSON.

Ma fille...

LALOUCAGNE.

Ça y est !... elle a un amant !

MADAME BOSSON.

Elle n'en a pas ! La coupable, c'est moi !

LALOUCAGNE.

Oh ! vous, la vieille fumiste ! assez !

JACQUELINE, revenant à elle.

Il a raison, maman... Je préfère dire la vérité.
L'histoire de l'auto est vraie !

LALOUCAGNE.

Ah ! enfin ! Le nom de votre amant, madame ?

JACQUELINE.

Je ne sais pas !

MADAME BOSSON.

Nous ne savons pas.

LALOUCAGNE.

Il suffit... je le découvrirai tout seul... et dès à
présent, dites-lui qu'il n'a plus qu'une chose à faire,
votre amant.

MADAME BOSSON.

Laquelle?

LALOUCAGNE.

Sa prière !...

JACQUELINE.

Mais enfin, mon ami...

LALOUCAGNE.

Sa prière !

SCÈNE XIX

JACQUELINE, MADAME BOSSON,
puis LALOUCAGNE.

JACQUELINE.

Et il s'en va! Disparaître, voilà son système!

MADAME BOSSON.

Mais, qu'est-ce qui a pu lui raconter...

JACQUELINE.

Peu importe!... En tout cas, ses accès de jalousie prouvent qu'il ne connaît pas les détails de mon
aventure. Alors, vrai... il aurait pu me la demander. Enfin, voyons, maman, quand on soupçonne
une femme qu'on aime, on lui demande une explication, on ne s'enfuit pas d'elle comme un voleur...
on lui parle !

LALOUCAGNE, bondissant en scène.

Qu'est-ce que vous avez dit ? Vous avez dit : on
lui parle ?

MADAME BOSSON.,

Elle a dit : on lui parle.

JACQUELINE, fiévreuse.

Oui, j'ai dit : on lui parle.

LALOUCAGNE.

Mais tonnerre de Dieu, madame, pour lui parler,
il faudrait obtenir d'elle un tête à tête. Une belle
mère implacable se dresse entre vous et moi.

MADAME BOSSON.

Mon gendre !

LALOUCAGNE.

Et quand, par hasard, oubliant cette dame, je
vous adresse la parole, vous feignez la syncope.

JACQUELINE.

Qu'est-ce qu'il a dit ?

MADAME BOSSON.

Il a dit : vous feignez la syncope.

LALOUCAGNE.

Oui, j'ai dit : vous feignez la syncope.

JACQUELINE.

Adieu, monsieur.

Elle sort.

MADAME BOSSON.

Vous l'avez froissée.

LALOUCAGNE.

Oui. Quel caractère !

MADAME BOSSON.

Mais le vôtre est pire, monsieur!... Vous ne vous
en rendez pas compte, mais vous rendriez féroce

une brebis du bon Dieu ! Depuis qu'elle vous connaît, madame Bosson voit rouge !

LALOUCAGNE.

Ah ! Je vous conseille de parler, vous... avec votre 102 de la Chaussée d'Antin !... J'ai des travers, soit ! mais je ne suis pas une vieille fumiste, moi... et après toutes les preuves d'amour que j'ai données à ma femme...

JACQUELINE, bondissant en scène.

Des preuves d'amour, à moi ?

LALOUCAGNE.

Oui, des preuves d'amour !

JACQUELINE.

Ah ! bonté divine, je demande à savoir lesquelles !

LALOUCAGNE.

Mais quand ce ne serait...

JACQUELINE.

Déclarer à sa femme, le soir des noces, qu'on godaillera avec Brigitte, c'est une preuve d'amour ça ! Contraindre ma sainte mère à vivre terrée dans des cabinets noirs, gifler un à un tous les gens que j'aime, et, la nuit, ne jamais passer le seuil de la chambre conjugale, c'est des preuves d'amour, dites, tout ça, c'est des preuves d'amour ?

MADAME BOSSON.

C'est des preuves de bas mépris.

JACQUELINE.

Tais-toi, maman. Je ne te parle pas. Je parle à monsieur... et je lui demande si tout ça, c'est des preuves d'amour !

LALOUCAGNE, avec éclat.

C'en sont ! J'en appelle à tous les gens qui ont aimé. C'en sont !

JACQUELINE.

Ah !

LALOUCAGNE.

L'amour consiste à s'embêter soi-même, en embêtant les autres. C'est bien connu. Si vous croyez que vous ne m'avez pas tracassé, vous ?

MADAME BOSSON.

Elle est un peu tracassière.

LALOUCAGNE.

Pourquoi dites-vous ça, vous ?

MADAME BOSSON.

Parce que... je...

LALOUCAGNE.

Parce que ça vous amuse d'attiser le feu... Vous ne rêvez qu'une chose, vous, notre divorce.

MADAME BOSSON.

Jacqueline !

JACQUELINE.

Ça, c'est un peu vrai, maman.

MADAME BOSSON.

Ah !

LALOUCAGNE.

Et si vous n'étiez pas là, je suis certain que ma femme et moi, nous nous entendrions.

JACQUELINE.

Peut-être... va-t-en !

MADAME BOSSON.

Quoi ?

LALOUCAGNE.

Allez-vous en!

MADAME BOSSON, très vexée.

C'est bon ! C'est bien !

Elle sort.

SCÈNE XX

JACQUELINE. LALOUCAGNE.

LALOUCAGNE.

Ouf !.... Jacqueline... voulez-vous enfin me donner les éclaircissements auxquels j'ai droit.

JACQUELINE.

Oui.

LALOUCAGNE.

Alors pour Dieu, dominons nos nerfs. Je vais vous interroger, mais qu'il soit bien entendu que vous ne vous trouverez pas mal.

JACQUELINE.

Je ne me trouverai pas mal, si vous ne vous mettez pas en colère.

LALOUCAGNE.

Pacte conclu. Bons amis ?

JACQUELINE.

Bons amis !

Laloucagne embrasse Jacqueline. — On s'asseoit.

LALOUCAGNE.

Vous avez un amant.

JACQUELINE.

Non !

LALOUCAGNE.

Se donner au premier venu, en auto, c'est pourtant ce que j'appelle prendre un amant.

JACQUELINE.

Cet amant fut accidentel. Je ne l'ai plus vu depuis deux ans.

LALOUCAGNE.

Vous m'étonnez !

JACQUELINE.

Vraiment ?

LALOUCAGNE.

Le cri que vous avez poussé, vos syncopes continuelles... non, non, une incartade ancienne ne vous mettrait pas dans un état pareil.

JACQUELINE.

Vous saurez, monsieur, que les femmes se divisent en deux grandes catégories : les coupables, qui oublient très vite leur faute, et les honnêtes, qui s'en souviennent toute leur vie.

LALOUCAGNE.

Et celles qui n'en commettent point, alors ?

JACQUELINE.

Ce sont les veinardes.

LALOUCAGNE.

Bref, cette histoire d'auto ?

JACQUELINE, De.veuse.

Est vieille de deux ans... Elle ne vous regarde

pas. Elle ne regarde même personne. Folletourte n'est plus mon mari, et vous, vous ne l'êtes pas encore.

LALOUCAGNE, se montant.

Ma petite Jacqueline… il faut absolument le prendre sur un autre ton. J'ai l'air ici d'avoir tous les torts, et ça m'agace, tonnerre de…

JACQUELINE.

Tonnerre de Dieu !

LALOUCAGNE.

Je vous demande pardon. Eh bien, oui, là, l'histoire de l'auto est ancienne. Elle me touche tout de même…

JACQUELINE.

Comment ?

LALOUCAGNE.

Par carambolage. Je vous aime tant Jacqueline, qu'il m'est impossible d'admettre qu'un autre que Folletourte, vous ait serrée dans ses bras.

JACQUELINE.

Il y a eu erreur de personne, mon ami. J'ai pris pour mon mari un individu qui passait.

LALOUCAGNE.

Et vous êtes montée avec lui en voiture ?

JACQUELINE.

Oui.

LALOUCAGNE.

Et en voiture, il…

JACQUELINE.

Oui.

LALOUCAGNE.

Et vous continuez à prétendre que vous ne savez pas le nom de cet homme?

JACQUELINE.

Je ne le sais pas. Tout ce que je sais, c'est que je l'ai pris pour mon mari, à cause de sa grande barbe.

LALOUCAGNE.

Mais il n'a jamais eu de barbe... Folletourte.

JACQUELINE.

Si... il en avait une ce soir-là !

LALOUCAGNE.

Quoi ?

JACQUELINE.

Vous parlez tout le temps!... Pour Dieu, laissez-moi vous expliquer...

LALOUCAGNE.

Assez! assez! Regardez cette figure, Jacqueline... cette figure inquiète, tourmentée, amoureuse et grave, et convenez que le moment est mal choisi pour se la payer.

JACQUELINE.

Vous me faites l'injure de croire que je plaisante.

LALOUCAGNE.

Que vous plaisantez, non, que vous vous dérobez lâchement, oui.

JACQUELINE, très émue.

Ah! c'est comme ça? Eh bien, oui, Monsieur... en effet, je mens, depuis un quart d'heure, je mens... et je vais la crier la vérité, je vais la crier devant tout le monde !

LALOUCAGNE.

Ça n'est pas trop tôt!

JACQUELINE, criant à tue-tête.

Maman! Tranquille! Potiche! Tous les domestiques! Tous! Venez tous! Écoutez tous!

LALOUCAGNE, exaspéré.

Ah!

SCÈNE XXI

LES MÊMES, MADAME BOSSON, BRIGITTE, POTICHE, DIDIER et MAXIME.

MADAME BOSSON.

Il te bat! Je suis sûre qu'il te bat!

JACQUELINE.

Non, maman! Nous sommes au contraire, parfaitement d'accord. J'ai un amant!

MADAME BOSSON.

Ma fille...

JACQUELINE.

Un amant que j'aime, et dont je ne me séparerai jamais! Cet amant je le cache, et je vous mets au défi de le trouver! Je l'aime, et je vous mets au défi de me le faire oublier!

LALOUCAGNE, hors de lui.

Ah! prenez garde... je suis violent, et une gifle est bien vite donnée...

JACQUELINE, le giflant.

C'est vrai !

LALOUCAGNE.

Tonnerre !

MADAME BOSSON.

C'est bien fait !

LALOUCAGNE.

Ah ! C'est bien fait ?

Il prend deux parapluies liés ensemble, que Jacqueline avait apportés tout à l'heure avec sa valise, et s'apprête à en frapper madame Bosson.

MADAME BOSSON.

Il veut me tuer !...

JACQUELINE, avec un cri.

Maman !

LALOUCAGNE.

V'lan ! (Madame Bosson a évité le coup. Les deux parapluies frappent en plein visage le buste d'Hippocrate qui se trouve sur la console. Le buste tombe et se brise, et le coffret d'ébène qui était caché dans le buste, apparaît.) J'ai cassé le buste d'Hippocrate !

POTICHE, montrant le coffret.

Mon commandant !

LALOUCAGNE.

Quoi ?

POTICHE.

Cette boîte, là... mais c'est le coffret... c'est le coffret !

LALOUCAGNE, s'en emparant.

Ah ! mon Dieu !

BRIGITTE, MADAME BOSSON, JACQUELINE.

Le coffret !

POTICHE, avec éclat.

Il n'était pas dans le bi, il n'était pas dans le ba...
il était dans le bu !...

Rideau

ACTE TROISIÈME

Le cabinet de travail de feu Folletourte. Haute bibliothèque, partant du fond gauche et aboutissant à la seconde bri-
sure du pan coupé droit. Dans ce pan coupé droit et devant
cette partie de la bibliothèque, un grand bureau de travail.
Entre ce bureau et la bibliothèque, large fauteuil. Premier
plan droit, la porte de la chambre de Jacqueline. A gauche
au milieu du panneau, une porte. Fond gauche, contre la bibliothèque, porte d'entrée, sièges et petites tables.

SCÈNE PREMIÈRE

LALOUCAGNE, POTICHE.

Au lever du rideau, Laloucagne essaye en vain d'ouvrir le
coffret. Il a autour de lui un nombre incalculable de petites clefs. Potiche entre.

POTICHE.

Eh bien, mon commandant ?

LALOUCAGNE.

Eh bien, pas une clef n'entre. C'est une serrure
à secret, sans doute.

POTICHE.

Le coffret était caché dans le bu, la clef doit être cachée dans le ba !... Ah ! [il nous mène en bateau, Folletourte !

LALOUCAGNE.

J'ai dit à Brigitte d'aller me chercher un marteau et un ciseau à froid. Il faut en finir, tu comprends... Où est madame ?

POTICHE.

Dans sa chambre, étendue sur sa chaise longue. Quand elle a vu mon commandant s'enfuir avec le coffret, elle s'est évanouie ; même que Madame Bosson a fait appeler le docteur.

LALOUCAGNE.

Naturellement!... Oh ! nous n'obtiendrons rien d'elle ! A la première allusion, c'est la syncope ou c'est la gifle... Et puis, comme elle ment, Potiche!... Elle m'a raconté une certaine histoire d'homme barbu... Il y avait de quoi rire... Vrai, il y avait de quoi rire!... Ah! mais nous la tenons maintenant. (Frappant sur le coffret.) Elle est là-dedans son expiation!... Ah! Potiche... découvrir l'homme de l'auto ! Et quand je le tiendrai, en faire ceci... (Il brise une règle.) Ou cela...

Il saisit l'encrier.

POTICHE, arrêtant son geste.

L'encrier, monsieur... tu réaliseras ton rêve. C'est une question de patience !...

LALOUCAGNE.

Ah! tu n'es pas pressé, toi!... Tu n'es pas pressé, parce qu'au fond tu te fous de tout ça...

POTICHE.

Je ne me fous pas du tout de ça... mes embêtements
sont aussi embêtants que les tiens ; seulement ils
se tiennent à leur place. Pense un peu que celle
que j'aime ne m'aimera qu'après que tu l'auras aimée... et qu'il faut par conséquent que j'attende,
d'abord que tu cesses d'aimer madame, et ensuite
que tu tombes amoureux de Brigitte. Ça, vois-tu,
c'est une affaire de six ou sept ans. Je ne me fais
aucune illusion.

LALOUCAGNE.

Si, tu t'en fais.

POTICHE.

Ah !

LALOUCAGNE.

Voici mon programme, Potiche. Je tue l'homme
de l'auto, je divorce et je renonce aux femmes.

POTICHE.

Toi ?

LALOUCAGNE.

Moi.

POTICHE.

Dans ces conditions, mon commandant, je te demanderai de me prêter quatre mille francs.

LALOUCAGNE.

Pour ?

POTICHE.

Pour acheter un fond de bistro qui est à vendre,
boulevard de la Chapelle.

LALOUCAGNE.

Tu veux te faire marchand de vins ?

POTICHE.

Oui. Brigitte est pour patron. Alors une fois patron, j'ai des chances de devenir l'amant de Brigitte. Il va sans dire que la faillite suivra, et que je rentrerai le plus tôt possible à ton service, mais au moins je me serai offert Brigitte, et je ne regarde pas à quatre mille francs.

LALOUCAGNE.

Oui, mais moi, j'y regarde... Nous recauserons de ça, Potiche.

SCÈNE II

LES MÊMES; BRIGITTE.

BRIGITTE, apportant dans une boîte en bois, des instruments de serrurerie.

Voilà tout ce que j'ai pu trouver !

LALOUCAGNE.

Brigitte, tu me sauves la vie !... Embrasse-moi !...

BRIGITTE.

Avec plaisir! (Passant la boîte d'outils à Potiche.) Tenez ça...

POTICHE, prenant la boîte, et pendant que Brigitte embrasse Laloucagne.

Oui, je tiens ça... (Regardant dans la boîte.) Il doit y avoir une chandelle, là-dedans... Eh bien, ça y est ?

LALOUCAGNE, à Potiche.

A présent, donne. (Fouillant dans la boîte.) Le levier, oui... (Il fait une pesée.) Hé... houp !...

Le coffret s'ouvre.

8

POTICHE.

La surprise! (Regardant à l'intérieur du coffret.) Il n'y a rien!

LALOUCAGNE.

Si!

POTICHE.

Ou bien peu de chose. Un bulletin... une fleur séchée... et un petit peigne.

LALOUCAGNE, qui a regardé à son tour.

Voilà ce que Folletourte appelle des preuves!

POTICHE.

Cet homme là se sera payé notre tête jusqu'au bout.

BRIGITTE.

Je ne crois pas... M. Folletourte n'était pas un mystificateur.

LALOUCAGNE, examinant le ticket.

C'est un numéro de voiture automobile, ça! C'est le 21-U-7... Tiens, regarde, il y a une date.

POTICHE.

Oui, 13 Janvier 1906.

LALOUCAGNE, à Potiche.

Tu vas courir à la compagnie des Taximètres automobiles. Je te donne dix minutes pour trouver le chauffeur du numéro 21.U-7.

POTICHE.

Mais ça ne doit plus être le même.

LALOUCAGNE.

Tu en sais quelque chose?

POTICHE

Non.

LALOUCAGNE.

Alors, file.

POTICHE.

Oui, mon commandant!

Il sort.

BRIGITTE.

Et moi, qu'est-ce que je pourrais faire pour être utile à Monsieur?

LALOUCAGNE.

Rien, Brigitte!

BRIGITTE.

Et pour lui être agréable?

LALOUCAGNE.

Rien, non plus.

BRIGITTE.

C'est dommage!... Des fois, monsieur ne voudrait pas encore que je l'embrasse?

On sonne.

LALOUCAGNE.

On sonne... C'est Duverdier, sans doute... Allez ouvrir.

BRIGITTE.

Oui, monsieur.

Elle sort.

SCÈNE III

LALOUCAGNE, puis DUVERDIER.

Laloucagne regarde le petit peigne, le met dans la poche de son gilet, puis il prend la fleur séchée, la regarde, soupire, puis la rejette avec colère dans le coffret. Entre Duverdier.

DUVERDIER.

J'ai reçu votre petit mot.

LALOUCAGNE, très sec.

Bonjour. Asseyez-vous. (Duverdier s'asseoit un peu craintif.) Et surtout n'ayez pas peur de moi. J'ai pris la résolution d'être dorénavant calme. (Violent coup de poing sur la table.) Mon cher Duverdier, Jacqueline est une grue !

DUVERDIER.

Gilberte aussi !

LALOUCAGNE.

Ah ! oui... Gilberte !... Vous pensez encore à votre petite histoire...

DUVERDIER.

Vous pensez bien à la vôtre...

LALOUCAGNE.

Oui, mais moi...

DUVERDIER.

Jamais... jamais je n'aurais pu supposer que Gilberte... mais c'est bien fini, allez... nous avons eu

avec elle, Tournenville et moi, une explication tra-
gique ! Nous ne la reverrons plus. Pendant trente
ans, mon ami, j'ai cherché la maîtresse de tout repos ! Ah ! je suis étrangement déçu... Les femmes !...
les femmes !... Est-ce là tout ce que vous aviez
à me dire ?

LALOUCAGNE.

Non. J'ai des questions graves à vous poser. Je
veux obtenir mon divorce.

DUVERDIER.

Vous avez raison.

LALOUCAGNE.

Ce n'est pas avoir raison, qu'il faut... c'est avoir
des raisons... des raisons valables.

DUVERDIER.

Votre femme a un amant ?

LALOUCAGNE.

Oui.

DUVERDIER.

Quelles sont vos preuves ?

LALOUCAGNE.

Une rose et un petit peigne.

DUVERDIER.

C'est peu de chose.

LALOUCAGNE.

Oui ; d'ailleurs, ce peu de chose, je ne veux pas
l'invoquer. Je désire que le divorce soit prononcé
contre moi.

DUVERDIER.

C'est une drôle d'idée.

8.

LALOUCAGNE.

C'est la mienne.

DUVERDIER.

Gifleriez-vous volontiers votre femme devant témoins ?

LALOUCAGNE.

Il y a déjà eu gifle.

DUVERDIER.

Bon, ça !

LALOUCAGNE.

Seulement, c'est moi qui l'ai reçue.

DUVERDIER.

Diable !... Alors, il nous reste à introduire une
maîtresse au domicile conjugal.

LALOUCAGNE.

Oui... Brigitte... ou Gilberte...

DUVERDIER, furieux.

Monsieur !... (Se calmant brusquement.) Parfaitement... ou Gilberte...

LALOUCAGNE.

Eh bien, je ferai ça... je ferai ça !... Mais, l'argent ?

DUVERDIER.

Quoi, l'argent ?

LALOUCAGNE.

Après le divorce, que devient-il l'argent que m'a
légué Folletourte ?

DUVERDIER.

Il reste votre propriété.

LALOUCAGNE.

Vous me considérez comme un gredin, alors ?

DUVERDIER.

Moi ?

LALOUCAGNE.

Je ne veux pas garder un sou de cette fortune,
vous entendez ?... Pas un sou! J'entends repousser
du pied tout l'héritage de Folletourte. Le puis-je ?

DUVERDIER.

On peut toujours ne pas garder de l'argent.

LALOUCAGNE.

Une donation...

DUVERDIER.

Entre vifs, oui...

LALOUCAGNE.

C'est parfait. Je quitte Jacqueline en l'enrichis-
sant. Je vous prie mon cher Duverdier, de joindre
ma femme, et de lui dire ma décision.

DUVERDIER.

Je m'incline devant tant d'héroïsme et de stupi-
dité.

LALOUCAGNE.

Ah! mais dites donc...

DUVERDIER, avec éclat.

Pas une femme ne vaut qu'on lui fasse un tel sa-
crifice! Moins de magnanimité, mon cher, et un peu
plus de mépris. Imitez-moi.

LALOUCAGNE.

Permettez... Jacqueline et Gilberte, ça fait tout
de même deux.

DUVERDIER.

Ça fait mille, et ça fait une! Vous ne l'avez donc

jamais regardée votre femme? Mais elle a du vice
plein le regard! Comme Gilberte... comme toutes!
Mais chacun de ses pas fait jaillir un amant du
pavé! Mais je la considère comme la dernière...

LALOUCAGNE.

Je vais vous casser la figure, à vous!

DUVERDIER.

Quoi?

LALOUCAGNE, violemment.

Je vous défends de parler de ma femme sur ce ton
là! Je vous défends surtout de la comparer à Gilberte, qui est une professionnelle de rien du tout!

DUVERDIER, furieux.

Monsieur!

LALOUCAGNE.

Je veux lui parler, moi, d'abord, à ma Jacqueline!
Un amant! un amant! D'abord, a-t-elle un amant?
Tout le monde ici, s'entend pour la calomnier, et
pour m'empêcher de la voir! Mais je la verrai,
tonnerre! Je la verrai!

Il s'élance vers la chambre de sa femme. Tournenville
qui en sort, paraît.

SCÈNE IV

Les Mêmes, TOURNENVILLE.

TOURNENVILLE.

Madame Laloucagne n'est pas visible.

LALOUGAGNE.

Bien entendu !... J'attendrai donc qu'elle le devienne. Et si elle est capable, elle ne m'échappera pas, madame Laloucagne ! J'ai son numéro !... 21-U-7... Au revoir, messieurs !

Il sort affolé.

SCÈNE V

TOURNENVILLE, DUVERDIER,
puis JACQUELINE.

TOURNENVILLE.

Bonjour, ami.

DUVERDIER.

Bonjour.

TOURNENVILLE.

La main ? (Poignée de main. Silence.) Vous savez qu'elle nous a vus entrer dans l'immeuble. Elle était à sa fenêtre, elle souriait. Malgré la scène que nous lui avons faite, elle ne nous en veut pas.

DUVERDIER.

Les cieux n'en veulent pas à la foudre. Ils se font même plus beaux, après qu'elle a passé.

TOURNENVILLE.

Quelle rosse tout de même !

DUVERDIER.

Si elle n'était que rosse, mais elle fut fourbe. Ce mari qu'elle avait imaginé pour nous donner le change...

TOURNENVILLE.

Oui. César Chalandrin, c'était nous.

DUVERDIER.

J'attendais au moins qu'elle nous présentât des excuses ; pas du tout. Elle nous a tacitement proposé de reprendre la vie à trois.

TOURNENVILLE, avec douceur.

C'est celle que nous menions.

DUVERDIER.

A notre insu, Tournenville, à notre insu.

TOURNENVILLE.

Permettez... Au lieu de faire cocu César Chalandrin, nous nous faisons cocus l'un l'autre ; c'est un virement ; mais la situation reste entièrement la même.

DUVERDIER, sévèrement.

Vous avez une conscience en caoutchouc.

On entend jouer la mattchich à l'étage supérieur.

TOURNENVILLE.

La mattchich !... Elle m'appelle... Duverdier, elle m'appelle...

DUVERDIER, ironique.

Il ne faut pas la faire attendre, mon pauvre homme.

TOURNENVILLE.

Vous me méprisez, Duverdier ?

DUVERDIER.

Comme du crotin, monsieur.

TOURNENVILLE, légèrement.

Je suis méprisable, en effet.

DUVERDIER.

Moi, vous entendez... moi, Duverdier, notaire...
je me couperais tout de suite les deux pieds que
voilà, si j'avais le sentiment qu'ils dussent un jour
grimper à l'étage au-dessus.

TOURNENVILLE.

Alors, plus jamais vous ne reverrez cette femme ?

DUVERDIER.

Plus jamais.

TOURNENVILLE.

Vous le jurez ?

DUVERDIER.

Je le jure.

TOURNENVILLE.

Merci, Duverdier... me voilà le seul amant de Gilberte, et vous me rendez par conséquent l'estime
de moi-même.

DUVERDIER, entre ses dents.

Polichinelle !...

JACQUELINE, entrant brusquement.

Où est mon mari ?

TOURNENVILLE, très gai.

Eh ! quoi... debout ?

JACQUELINE.

Oui. Je ne tiens pas en place. Pardonnez-moi,
docteur.

TOURNENVILLE.

Oh ! je pardonne... aujourd'hui, j'ai toutes les in-
dulgences... toutes! Chère Madame, je vous laisse
avec mon vieil ami Duverdier. (A Duverdier.) La
main ?

DUVERDIER.

Non.

TOURNENVILLE.

Régulus, va ! (Petite bourrade à Duverdier. Salut a Jacqueline.) Madame...

Il sort.

SCÈNE VI

DUVERDIER, JACQUELINE, puis LALOUCAGNE.

DUVERDIER.

Ah! les hommes! les hommes!

JACQUELINE.

Ah ! oui les hommes!...

DUVERDIER.

J'ai vu votre mari.

JACQUELINE.

Vous l'avez vu, vous !

DUVERDIER.

Il m'a chargé de vous dire qu'il allait demander
le divorce. Il mettra les torts de son côté. Après
quoi, il vous fera donation complète du legs qu'il a
reçu de feu Folletourte.

JACQUELINE.

Il est fou !

DUVERDIER.

C'est mon avis, mais bénissons cette folie ; elle
vous délivre à bon compte d'un triste personnage.

JACQUELINE.

Je n'accepte pas une telle renonciation.

LALOUCAGNE, entrant.

J'ai rédigé un projet d'acte... (Apercevant Jacqueline.) Madame...

JACQUELINE, très calme.

Bonjour, monsieur.

DUVERDIER, à Laloucagne.

Elle n'accepte pas votre argent.

LALOUCAGNE, souriant.

Le sien.

JACQUELINE.

Je n'accepte surtout pas que vous mettiez les torts de votre côté.

LALOUCAGNE.

Vous sentez qu'ils sont du vôtre?

JACQUELINE.

Comme il vous plaira.

LALOUCAGNE.

Vous allez mieux?

JACQUELINE.

Je vais mieux, depuis que je sais que nous divorçons.

LALOUCAGNE.

Il faudra vite l'en prévenir... lui...

JACQUELINE.

Ah! mon amant?

LALOUCAGNE.

Moi disparu, il vous épousera?

9

JACQUELINE.

De toutes ses forces !

LALOUCAGNE, hors de lui.

Quoi ?

JACQUELINE.

Voici ma mère.

LALOUCAGNE.

Venez, Duverdier.

DUVERDIER.

Je vous suis.

Tous deux sortent.

JACQUELINE.

Imbécile !

SCÈNE VII

JACQUELINE, MADAME BOSSON, TRANQUILLE.

MADAME BOSSON.

Eh bien ?

JACQUELINE.

Eh bien, nous divorçons. Il me rend même la fortune de Folletourte. Me voilà riche, maman... me voilà riche !...

MADAME BOSSON.

Alors, tout va bien.

JACQUELINE.

Alors, tout va mal. (Sanglotant.) Ah ! ma mère...

ma mère!... Pourquoi m'avez-vous mise au monde!...

MADAME BOSSON, très émue.

C'est sans le faire exprès, ma Jacqueline, je te jure!

TRANQUILLE.

Moi, à ta place, ça me ferait plaisir de ne plus jamais revoir ce matamore. Il est odieux!

JACQUELINE.

Oh! oui!

MADAME BOSSON.

D'autant plus que te voilà riche, et que les candidats ne manqueront pas.

JACQUELINE.

Les candidats!

MADAME BOSSON.

Eh bien, oui, les candidats.

JACQUELINE.

Tu as raison. Mais je n'en vois qu'un, maman, c'est même mon mari qui l'a trouvé... Tu conçois... si je prends au hasard monsieur X ou monsieur Z, la mystérieuse fatalité qui s'acharne après moi, instruira mon troisième mari comme elle a instruit les deux autres... Non, non, il n'y a qu'un moyen d'échapper à l'homme de l'auto, c'est de l'épouser, lui!

TRANQUILLE.

Tu es folle!

MADAME BOSSON.

Madame Bosson repousse une telle expiation.

JACQUELINE.

Qui vous dit qu'il y ait expiation?...

TRANQUILLE,

Quoi?

JACQUELINE.

L'homme de l'auto m'a fait passer dix minutes
supérieures!... Il a été épatant!

MADAME BOSSON,

Oh!...

JACQUELINE.

Parfaitement... épatant! Le souvenir de ces dix
minutes-là, mon second mari pouvait l'effacer, il n'a
pas voulu, tant pis pour lui!

MADAME BOSSON.

Alors, tu aimes un doge de Venise qui, sournoise-
ment...

JACQUELINE.

Eh! je ne l'aime pas...

MADAME BOSSON.

Alors?

JACQUELINE.

Je me le rappelle, voilà tout!

TRANQUILLE.

Oh fi!

JACQUELINE.

En l'épousant, je redeviens une honnête femme...
et même une femme heureuse.

MADAME BOSSON.

Il ne reste plus qu'à le retrouver.

JACQUELINE.

Oh! ce n'est pas difficile! Je vais adresser à l'a-
gence Havas, cette simple note : jeune veuve, vingt-

quatre ans, encore jolie... je puis écrire encore jolie, n'est-ce pas ma mère ?

MADAME BOSSON.

Je te crois, tu es faite à ravir.

JACQUELINE.

Bien. « Jeune veuve, vingt-quatre ans, jolie et faite à ravir... désirerait épouser un doge de Venise, qu'i l'a séduite en auto le 13 janvier 1906. Dot : un million. Répondre aux initiales : J. L. poste restante.'»

TRANQUILLE.

C'est affreux ! C'est épouvantable !

MADAME BOSSON.

Après tout, ton idée n'est pas mauvaise... pas mauvaise du tout.

JACQUELINE.

N'est-ce pas ? Je vais écrire ma note... Ah ! Imbécile ! Imbécile !

Elle sort.

TRANQUILLE.

C'est affreux. C'est épouvantable !

SCÈNE VIII

MADAME BOSSON, TRANQUILLE.

MADAME BOSSON.

Qu'est-ce que tu en penses de tout ça, toi ?

TRANQUILLE.

C'est épouvantable !

MADAME BOSSON.

C'est tout ?

TRANQUILLE.

C'est tout.

MADAME BOSSON.

Ton intelligence ne s'éveillera donc jamais ?

TRANQUILLE.

Ma tante...

MADAME BOSSON.

Heureusement, j'ai la mienne. Jacqueline a déclaré qu'elle ne prendrait pour mari que l'homme qui l'a séduite...

TRANQUILLE.

Eh bien ?

MADAME BOSSON.

Eh bien ?... sois cet homme !

TRANQUILLE.

Moi ?

MADAME BOSSON.

Oui... toi... De cette façon, tu épouses Jacqueline, et en bonne mère, j'empêche un voyou que je ne connais pas, d'entrer dans ma famille.

TRANQUILLE, avec assez d'astuce.

Vous empêchez surtout un million d'en sortir.

MADAME BOSSON, étonnée.

Tu dis ?

TRANQUILLE.

Rien. C'est mon intelligence qui s'éveille... Ma

tante, je ne me prêterai pas à une si sombre ma-
chination.

MADAME BOSSON.

Tu t'y prêteras.

TRANQUILLE.

Ah?

MADAME BOSSON.

Tu vas dire à ta cousine que le doge [de Venise
c'était toi.

TRANQUILLE.

Oh!

MADAME BOSSON.

Que tu l'aimes depuis longtemps sans avoir jamais osé le lui dire.

TRANQUILLE.

Oh!

MADAME BOSSON.

Que le 13 janvier 1906, n'y tenant plus, tu as eu
recours à un bas stratagème.

TRANQUILLE.

Oh!

MADAME BOSSON.

Et que, en conséquence, tu as l'honneur aujour-
d'hui de lui demander sa main.

TRANQUILLE.

Oh! ça ne prendra jamais.

MADAME BOSSON.

Ça prendra.

TRANQUILLE.

Alors, tant pis pour moi, car mon cousin me
tuera.

MADAME BOSSON.

Quand il t'aura tué...

TRANQUILLE.

Quoi?

MADAME BOSSON.

J'aurai recours à un autre moyen pour sauver l'héritage.

TRANQUILLE.

Vous êtes une vieille ficelle!

MADAME BOSSON.

Assez. Et dis-toi que madame Bosson travaille pour ton bonheur... et pour le sien.

Madame Bosson sort.

SCÈNE IX

TRANQUILLE, puis TOURNENVILLE, puis DUVERDIER.

TRANQUILLE.

Ça ne prendra pas!

TOURNENVILLE, entrant.

Bonjour. Je repassais devant votre palier, alors j'ai voulu prendre des nouvelles de notre malade.

TRANQUILLE.

Elle va bien; ma tante aussi.

TOURNENVILLE.

Ah! Tranquille! quelle femme! quelle femme!

TRANQUILLE

C'est une vieille ficelle !

TOURNENVILLE.

Qui ça ?

TRANQUILLE.

Ma tante.

TOURNENVILLE.

Mais je parle de Gilberte, moi... je parle de ma Gilberte !

TRANQUILLE.

Ça ne prendra jamais.

DUVERDIER, sortant de chez Laloucagne, quelques papiers à la main.

Voilà un divorce bien en train !...

TOURNENVILLE.

Et ça vous fait plaisir ?

DUVERDIER.

Oui, monsieur.

TOURNENVILLE.

La femme vous dégoûte, et votre joie dorénavant est d'en dégoûter les autres... c'est petit !...

DUVERDIER.

Vous descendez de chez Madame Chalandrin ?

TOURNENVILLE.

Oui.

DUVERDIER.

Et vous lui avez pardonné ?

TOURNENVILLE.

Deux fois !

9.

DUVERDIER.

C'est beaucoup plus petit, ça, mon cher monsieur.

TOURNENVILLE.

Elle m'a parlé de vous, Gilberte.

DUVERDIER.

Ah!

TOURNENVILLE.

Oui; elle m'a dit cette simple phrase : Vous, docteur, je vous aime et j'accepte que vous me pardonniez. Mais quant à cet imbécile de Duverdier, je ne le reprendrai que si c'est moi qui lui pardonne.

DUVERDIER.

C'est cynique!

TOURNENVILLE.

C'est féminin!... Au revoir... (A lui-même en sortant.) Il est crevant!...

Tournenville sort.

SCÈNE X

DUVERDIER, seul.

Pourriture, va!... (Il range les papiers dans sa serviette.) Et toutes, c'est de la pourriture..., toutes!... excepté nos mères et nos sœurs, bien entendu.

LA VOIX DE GILBERTE, à l'étage supérieur.

Je suis gobé d'une petite
C'est une Anna, c'est une Anna, une Annamite.

DUVERDIER.

La Tonkinoise ! Elle m'appelle... La voilà qui
m'appelle, à présent !...

LA VOIX DE GILBERTE.

Elle est vive, elle est charmante
C'est comme un z'oiseau qui chante...

DUVERDIER.

Comme toupet !..

LA VOIX DE GILBERTE.

Je l'appell' ma p'tit' bourgeoise...

DUVERDIER.

Assez !..

LA VOIX DE GILBERTE.

Ma Tonki-ki, ma Tonki-ki, ma tonkinoise...

DUVERDIER, très violent.

Assez !... Assez !...

LA VOIX DE GILBERTE.

Y en a d'autr's qui m'font les doux yeux.
Mais c'est elle que j'aime le mieux !

La voix se tait, Duverdier s'éponge le front. Puis il
prend lentement sa serviette, son chapeau, son para-
pluie, et il regarde le plafond avec une certaine con-
voitise. Reprenant ensuite possession de lui-même.

DUVERDIER.

Tu n'y penses pas !.. Voyons, voyons... Duverdier,
tu n'y penses pas !.. (Après un temps.) Mais si, cochon,
tu y penses !.. Tu vas grimper ton petit étage...
elle te recevra avec un peu de hauteur... et alors,
tu lui demanderas pardon... Si, si, Duverdier, elle
l'a décidé... tu lui demanderas pardon... Allons,
va... va !.. et prends par l'escalier de service... que

du moins, tu ne sois vu que par toi-même! (D'un ton pénétré.) Ah! que tu me dégoûtes!

SCÈNE XI

BRIGITTE, LE WATMAN, puis POTICHE.

BRIGITTE, allant à la porte du fond.

Entrez, mon ami... (Paraît le Watman. Très correct, rasé, raie médiane.) Potiche est allé prévenir M. Laloucagne. Si ça ne vous ennuie pas trop d'attendre ici...

LE WATMAN.

Ça ne m'ennuie pas...

BRIGITTE, le regardant amoureusement.

Vous devez en avoir, vous, des succès de femmes!...

LE WATMAN, modeste.

Dam' vous savez, on est chauffeur.

BRIGITTE.

Et jamais de crevaison en route, je parie...

LE WATMAN.

Montez dans ma voiture, et vous verrez.

BRIGITTE.

Impossible. J'ai le cœur pris. J'épouse un futur marchand de vins, et j'aime un ancien commandant.

LE WATMAN.

Complet partout!... C'est dommage...

BRIGITTE.

Oui, c'est dommage...

LE WATMAN.

Charmeuse!...

Il l'embrasse. Potiche paraît.

POTICHE.

Ah! malheur! Voilà Monsieur.

BRIGITTE.

Oh!

POTICHE.

Suivez-moi, Brigitte... j'ai deux mots à vous dire...

BRIGITTE.

Il y a des hasards inouïs, Potiche... C'est mon parrain... je ne l'avais pas revu depuis...

Brigitte et Potiche sortent en causant. Le Watman seul, rit aux éclats, mais avec correction. Paraît Laloucagne.

SCÈNE XII

LALOUCAGNE, LE WATMAN.

LALOUCAGNE, entrant.

Vous êtes bien le chauffeur du taxi-auto 21.U.7?

LE WATMAN.

Oui, monsieur. Il y a même deux ans que je conduis la même voiture.

LALOUCAGNE.

Deux ans, c'est parfait.

LE WATMAN.

Je sors de l'école centrale. J'ai mes deux bacca-
lauréats. Que voulez-vous monsieur ? les carrières
sont tellement encombrées aujourd'hui, qu'on est
encore heureux de...

LALOUCAGNE, l'interrompant.

Oui, oui, oui, oui. Voyons... rassemblez vos souvenirs. Pourriez-vous me dire quel a été l'emploi
de votre temps pendant la journée du 13 janvier
1906 ?

LE WATMAN.

1906 ?

LALOUCAGNE.

Oui.

LE WATMAN, l'œil fixe.

Oh ! saprédié !

LALOUCAGNE.

C'est difficile ?

LE WATMAN.

Pensez donc... 1906 !

LALOUCAGNE.

A nous deux, nous y arriverons peut-être. Je puis
en effet vous affirmer que ce jour-là, un monsieur
et une dame ont pris votre voiture, et qu'en cours
de route, ils ont... enfin...

LE WATMAN.

Oui... C'est un renseignement bien vague.

LALOUCAGNE.

C'est le seul que je puisse vous donner.

LE WATMAN.

Vague; mais suffisant, peut-être. Plus je regarde autour de moi, monsieur, plus je prends la conviction d'être déjà venu ici.

LALOUCAGNE.

La maison appartenait à M. Folletonrte.

LE WATMAN.

Folletourte!... Je me rappelle à présent... Je me rappelle très bien.

LALOUCAGNE.

Ah!

LE WATMAN.

Tel que vous me voyez, monsieur, c'est dans ce bureau de travail que j'ai commis la première gaffe de ma vie. J'ai découvert à M. Folletourte que sa femme le trompait.

LALOUCAGNE.

Ah! comment cela?

LE WATMAN.

Voici l'histoire : C'était bien le 13 janvier, oui, mais pas dans la journée... il était minuit... je roulais doucement boulevard de Clichy, lorsqu'une dame, flanquée d'un monsieur barbu, me fit signe. Je stoppai. « Nous rentrons chez nous, mon ami »? dit la dame. « Bien entendu », fit le monsieur... « Alors, cocher, 17, rue de Bourgogne ». Et la dame s'engouffra... cependant que le monsieur me priait discrètement de marcher à une très petite allure...

LALOUCAGNE.

Ah!

LE WATMAN.

Je compris vite pourquoi. Ah! Monsieur, quelle
séance!... J'entendais derrière mon dos, des soupirs,
des baisers... et tandis que docilement je faisais
mon deux et demi à l'heure, eux, monsieur, ils
marchaient à soixante!... J'étais épaté!... Vous
comprenez... je supposais à ce moment-là que le
monsieur barbu était le mari de la dame... Alors,
j'étais épaté...

LALOUCAGNE.

Après... après...

LE WATMAN.

Après, je les déposai rue de Bourgogne. Le
monsieur me paya grassement... quatre francs
pour la course, et six francs pour la chambre...
Mais voilà que rentré à la remise, je constatai avec
stupeur que ma glace de devant était brisée...
brisée en étoile... Un coup de talon, vous comprenez... Or, ça coûte douze francs, monsieur, une
glace de devant... Je ne fis ni une ni deux, j'atten-
dis l'aube et je courus 17, rue de Bourgogne. Là,
je dépeignis au concierge les deux oiseaux que j'a-
vais abrités la veille. C'était Monsieur et Madame
Folletourte.... Je pénétrai dans le salon où nous
voilà, monsieur, je remis tout d'abord à Folletourte quelques dépouilles opimes que j'avais trou-
vées le matin dans ma voiture; une rose fanée et
un petit peigne...

LALOUCAGNE.

Parfaitement... parfaitement.

LE WATMAN.

Et je lui réclamai enfin le prix de mon carreau.

Très étonné, Folletourte examina le petit peigne,
qu'il reconnut comme appartenant à sa femme,
mais il me déclara n'être pas l'homme de la voiture. J'avais fait la gaffe; et comme je pâlissais, il
m'offrit vingt-cinq louis, et me pressa de questions.
Je suis vénal. J'acceptai les uns et je répondis aux
autres, et grâce à moi, j'espère que M. Folletourte
aura enfin remis la main sur le mystérieux homme
barbu.

LALOUCAGNE

Non. Il n'a jamais été découvert, l'homme barbu.
Mais il le sera!... Je vous fiche mon billet qu'il le
sera!

LE WATMAN.

Monsieur est sans doute l'ami de Folletourte ?

LALOUCAGNE.

Oui.

LE WATMAN.

Je comprends ça. C'est un fort galant homme. Il
va bien ?

LALOUCAGNE.

Il est mort !

LE WATMAN.

Ah! saprédié!... Mort de colère, sans doute... Madame Felletourte a dû lui en faire voir de toutes
les couleurs. Sûr, elle se porte bien, celle-là !

LALOUCAGNE.

Elle s'est remariée.

LE WATMAN.

Quelle est la moule qui a consenti...

LALOUCAGNE.

C'est moi la moule...

LE WATMAN.

Oh ! saprédié ! Deuxième gaffe !

LALOUCAGNE.

Ça ne fait rien. Mon ami, vous allez commencer par me donner le signalement exact de l'homme de l'auto.

LE WATMAN.

Non, monsieur, c'est fini. On ne m'aura plus.

LALOUCAGNE, sortant un billet de banque de sa poche.

Voilà cinq cents francs.

LE WATMAN, prenant le billet.

Nez moyen, taille moyenne, l'œil vif, longue barbe blanche, vraie ou fausse... fausse plutôt...

LALOUCAGNE.

Comment, fausse plutôt... il était donc déguisé ?

LE WATMAN.

Oui. Je ne l'ai pas dit à monsieur ?

LALOUCAGNE.

Mais non.

LE WATMAN.

Il était tout ce qu'il y a de plus déguisé : Robe rouge, bonnet phrygien, barbe blanche... Madame Folletourte elle, était en odalisque.

LALOUCAGNE.

Tous deux sortaient d'un bal costumé, alors ?

LE WATMAN.

Oui. Du bal des Quat'z'arts probablement, puisque je les ai pris Boulevard de Clichy, à deux pas du Moulin Rouge où les Quat'z'arts donnaient leur bal cette nuit-là.

LALOUCAGNE, très troublé.

Le bal des Quat'z'arts...

LE WATMAN.

Oui.

LALOUCAGNE.

Ça suffit! (Appelant.) Potiche !... (Au watman.) Mon
ami, voilà encore cinq cents francs... je n'ai plus
besoin de vous.

LE WATMAN.

Comment, encore cinq cents francs?... c'est les
mêmes!

LALOUCAGNE.

Ça ne fait rien, gardez tout.

LE WATMAN.

Je suis refait.

Il sort.

LALOUCAGNE, appelant.

Potiche !

SCÈNE XIII

LALOUCAGNE, POTICHE.

POTICHE, entrant.

Mon commandant ?

LALOUCAGNE.

Potiche, ton carnet ?

POTICHE.

Voilà, mon commandant.

LALOUCAGNE.

Voyons, le soir du bal des Quat'z'arts, c'est bien en doge de Venise que j'étais costumé ?

POTICHE.

En doge de Venise, parfaitement. (Regardant son carnet.) C'est le jour où mon commandant s'est tellement grisé.

LALOUCAGNE, fou de joie.

Moi!... C'était moi! (A Potiche, furieux.) Comment, bougre de brute, voilà huit jours que tu me laisses chercher!... Tu ne pouvais pas me dire que l'amant de ma femme était un doge de Venise...

POTICHE.

Est-ce que je savais !

LALOUCAGNE.

C'est vrai!... et maintenant il me reste à la convaincre. Potiche, va prévenir madame que quelqu'un désire lui parler. (Potiche sort.) Moi! c'était moi!... Je vais tenter la suprême expérience.

Il sort.

SCÈNE XIV

TRANQUILLE, JACQUELINE,
puis LALOUCAGNE.

TRANQUILLE, entrant, en Doge de Venise.

Ça ne prendra jamais! Tournenville m'a donné .

l'adresse d'un costumier, J'ai trouvé ça, Ce n'est
pas très doge, Enfin, il y a la coiffure. Ça ne prendra jamais...

JACQUELINE, entrant.

On me demande... Qui est-ce qui me demande ?...

TRANQUILLE.

C'est moi.

JACQUELINE.

Qu'est-ce que c'est que ça ?

TRANQUILLE.

Ça ! C'est le doge de Venise.

JACQUELINE, après l'avoir regardé, brusquement.

Oh !

Elle s'évanouit.

TRANQUILLE.

Ma cousine, ma cousine ! (Il s'efforce de la ranimer.
Apercevant Laloucagne qui entre, également habillé en Doge
de Venise.) Ah !

LALOUCAGNE.

Vous êtes doge de Venise, monsieur ?

TRANQUILLE.

Oui. Et vous ?

LALOUCAGNE.

Moi aussi.

TRANQUILLE.

Je m'en vais...

LALOUCAGNE.

Une minute... Où avez-vous connu madame ?

TRANQUILLE.

Au bal des Quat'z'arts... le 13 janvier 1906. Et
vous ?

LALOUCAGNE.

Moi aussi.

TRANQUILLE.

Je m'en vais...

LALOUCAGNE.

Restez !... Il s'agit de savoir lequel de nous deux a été l'amant de ma femme !

TRANQUILLE, à lui-même.

C'est mon cousin !

LALOUCAGNE.

Si c'est vous, monsieur, je vous tue comme rival... si c'est moi, je vous tue comme fumiste...

TRANQUILLE.

Mais alors, de toute façon, je suis un homme tué...

LALOUCAGNE.

Oui.

TRANQUILLE.

Je m'en vais...

LALOUCAGNE.

Restez!... Et ranimons cette femme. Les sels, là... (Appelant.) Potiche !

TRANQUILLE.

Oui...

Ils mettent le bocal sous le nez de Jacqueline.

JACQUELINE, revenant à elle immédiatement.

Oh!... nom d'un chien !

TRANQUILLE.

Elle revient à elle.

JACQUELINE, comme dans un rêve, les regardant tour à tour.

Mon mal s'aggrave... j'en vois deux maintenant... j'en vois deux !...

LALOUCAGNE, avec inquiétude.

Et lequel vous paraît le véritable ?

JACQUELINE.

Il faut m'embrasser tous les deux pour que j'en décide. Oh! mais là... m'embrasser !

LALOUCAGNE, à Tranquille.

A vous l'honneur.

JACQUELINE, sur le baiser de Tranquille, avec dégoût.

Ah ! (Sur le baiser de Laloucagne, avec transport.) Ah ! C'est celui-là !...

LALOUCAGNE, avec un cri, arrachant sa barbe.

Jacqueline!...

JACQUELINE, comprenant tout, avec un cri de joie.

Ah !

Longue étreinte.

TRANQUILLE, pris d'une idée.

Oh !...

Pendant que Jacqueline et Laloucagne se tiennent embrassés, il enlève rapidement sa robe de doge, qu'il cache derrière son dos.

JACQUELINE.

Toi!... Toi!... c'était toi !...

LALOUCAGNE, se retournant vers Tranqquille.

Quant à vous mon petit ami... C'est Tranquille!...

TRANQUILLE.

Vous cherchez un doge de Venise mon cousin? Je l'ai rencontré dans l'escalier... il courait... il est loin... loin...

LALOUCAGNE, indiquant le bonnet de Doge que Tranquille a oublié d'enlever.

Et ça ?

TRANQUILLE.

C'est donc comme fumiste que je vais mourir!

LALOUCAGNE, à Potiche qui entre.

Potiche, fais moi le plaisir de...

LE PHONOGRAPHE.

Laloucagne... Laloucagne...

TOUS.

Qu'est-ce que c'est que ça?

LE PHONOGRAPHE.

Laloucagne! Laloucagne!

POTICHE.

Mais ça vient de là... (Il tire le paravent.) Un phonographe!

LE PHONOGRAPHE.

Je suis feu Folletourte.

TOUS.

Encore!...

LE PHONOGRAPHE.

Dans le cas où l'odieux Laloucagne pardonnerait à Jacqueline... je laisse toute ma fortune à mon adorée belle-mère, madame Bosson.

LALOUCAGNE, parlant dans le pavillon du phonographe.

Mille regrets mon vieux... mais la loi ne reconnaît pas les testaments par phonographe.

LE PHONOGRAPHE.

« Pourquoi ça? »

LALOUCAGNE, stupéfait.

Comment, pourquoi ça?

JACQUELINE.

Le phonographe discute !

TRANQUILLE.

Quel perfectionnement !

A ce moment Laloucagne pris de méfiance a tiré brusquement le paravent devant lequel était le phonographe. Madame Bosson apparaît, un petit porte-voix à la main.

MADAME BOSSON.

Et j'ajouterai..

POTICHE.

C'est la vieille !

MADAME BOSSON.

Madame Bosson a joué sa dernière carte !

JACQUELINE, avec reproche.

Oh ! maman !

TRANQUILLE.

Oh ! ma tante !

POTICHE.

Vous n'avez pas de honte ? A votre âge !

MADAME BOSSON, contrite.

Mon gendre...

LALOUCAGNE.

Assez ! Dorénavant vous ne mettrez plus les pieds ici.

JACQUELINE.

Hector !

LALOUCAGNE.

Sauf le dimanche !

MADAME BOSSON.

Ce sera mon repos hebdomadaire.

LALOUCAGNE.

Et ce ne sera pas le mien, tonnerre...

JACQUELINE, l'imitant.

Tonnerre de Dieu!...

Rideau.